唐宋诗词精选赏析

英瑾 编著

中州古籍出版社
·郑州·

图书在版编目（CIP）数据

唐宋诗词精选赏析 / 英瑾编著. — 郑州：中州古籍出版社，2018.5
ISBN 978-7-5348-7735-3

Ⅰ.①唐… Ⅱ.①英… Ⅲ.①古典诗歌 – 诗歌欣赏 – 中国 – 唐宋时期 Ⅳ.①I207.2

中国版本图书馆CIP数据核字（2018）第040693号

策划统筹　孙胜军
责任编辑　张军辉
　　　　　张　雯
责任校对　古　群
整体设计　韩　青

出　版	中州古籍出版社
	地址：河南省郑州市经五路66号
	邮编：450002
经　销	新华书店
印　刷	河南大美印刷有限公司
版　次	2018年5月第1版
印　次	2018年5月第1次印刷
开　本	960毫米×640毫米　1/16
印　张	12.5印张
字　数	180千字
印　数	1–3000册
定　价	29.00元

本书如有印装质量问题，由承印厂负责调换

前　言

　　我国古代诗歌发展到唐代，达到了辉煌灿烂的全盛阶段。唐诗，不仅是整个唐代最有代表性的文学样式，而且体现了我国古代诗歌的最高成就。而自隋唐至宋，我国文学中还出现了与诗并列，叫作"词"的一种新的文学样式，同样取得了可与诗平起平坐的骄人成就。说到底，词还是诗，是诗中比较特殊的一种。如此，唐宋时期就成为我国古代诗歌发展史上的一个黄金时代，而唐宋诗词则是我国古代文学园地里一株光彩夺目的异卉奇葩，又是世界文学宝库中一块十分名贵的精金粹玉，因而也就理所当然地成为我们炎黄子孙完全可以引以为傲，非常值得我们认真继承与发扬的一份优秀而丰富的文学遗产。

　　现在奉献于大家面前的这本唐宋诗词合璧的鉴赏书，正是希望能在当下继承发扬中华民族优秀传统文化、努力建设社会主义文化强国的大潮中做出一点微薄的贡献而编著的。为体现"精选"原则，选目不骛其多，而主要着眼于现行中小学语文课本所收范围之内，且诗只选唐代，词兼顾唐宋。赏析文字则尽量求其详至，以照顾有意更深更细赏读名篇的读者的需要。

　　为了帮助读者得其要领地读赏好一首作品，特就赏读诗词的一般方法问题提出一些建议，以供大家参考。

　　怎样读赏好一首唐诗呢？下面简略地介绍三大基本步骤：

　　第一步，知人论世。这即是说，要了解作家并研究他所处的时代，以便弄清作品的具体背景和创作缘起，进而更好地理解作品本身。这一步，往往是读好一首唐诗应当具备的前提。

　　第二步，披文入情。诗人是先有了对现实生活的感受，产生了内心的情思，然后再用一定的语言形式把它表现出来，而读者则是首先接触文学作品的语言形式，通过语言的媒介了解和把握它的内容，逐步获得对作品形象的整体感受，最后达到对诗人情思的深刻领会。作为读赏者，能动地完成上述属于自己本分的过程，就叫作披文入情。说得稍微具体一点，它应包含以下四个环节：第一，准确了解诗句的含意，这是披文入情的初步切入；第二，仔细辨析全诗的构成，这是披文入情的主体过程；第三，充分发挥再造想象，这是披文入情的升华；第四，适当进行多种联想，这是披文入情的有益补充。总之，走好披文入情这四步，无疑是读赏好一首唐诗必不可少的基本功夫和主要内涵。

　　第三步，纵横考察。纵的考察是指把一首唐诗放到诗歌发展的历史链条中进行"上挂下连"的比较，以便从继承和创新两方面做出恰当的评价。横的考察是指把一首唐诗放到与它同时代的其他具有可比性的作品中进行"左顾右盼"的比较，以便从思想和艺术两方面做出高低异同的鉴别。如此，则可使读者从单篇作品的读赏中跳出来，通过上下左右的比较衡量，从更高层次和更广范围全面地理解和把握它。当然，要想做好纵横考察，是须在读赏者本人已经具有较丰富的读赏经验的积累和较扎实的文学史的知识储备之后才有可能。但这毕竟是每一位希望读赏好一首唐诗的人应当努力去做并经过努力也一定能够做到的。总之，纵横考察这一步，如从高层次要求，也同样是读赏好一首唐诗不可或缺的补充。

怎样才能读赏好一首唐宋词呢？从广义说，词还是诗。所以，前面所提出的读赏唐诗要掌握的知人论世、披文入情、纵横考察三大步骤，也同样适用于读赏唐宋词。这里，仅就词的体制特点，补充以下三点：

第一，要留心词调。词原本是一种合乐的文学体裁，因此，每首词都有它所依据的词调。而每一个词调又总拥有自己所最适宜于表达的感情类型，这在词学上被称作"声情"。如《忆秦娥》等适宜于表达悲凉哀怨的感情，《水调歌头》等适宜于表达雄壮慷慨的感情，《蝶恋花》等适宜于表达细腻婉约的感情，《满江红》《念奴娇》《沁园春》等适宜于表达豪迈激越的感情……这样，读赏一首词的时候，就不妨首先留心它的词调，以便一开始就能较准确地把握住该词所要表达的感情基调。

第二，要考究过片。过片是词所特有的章法。除小令、单调外，词都是要分片的。既要分片，如何处理上下片的关系就是一个不能不考虑的问题，而具体显示两片之间的关系的下片开头，就叫过片。词对过片的要求很严，概括说就是上片的结句总要似合似起，下片的首句总要似承似转，以保证全词意脉的前后贯通。宋代词论家张炎在《词源》卷下提出："过片不要断了曲意，需要承上接下。"而一般称下片的开始为"过片"或"换头"，在分片词的结构安排中，此处最关紧要。总之，两片之间既要接榫清晰，能分前后，又要意脉不断，浑然一体，方为上乘。可见，处理好过片是写好一首词的关键。因而考究如何过片，也是读好一首唐宋词的重要环节。

第三，要推敲句度。一首词总要调有定句、句有定字，词句应与乐句相配合、相一致，这是基本原则。但有时为了表达内容的需要，又允许在词句的分合上有一定的灵活性，即在一韵的范围内句子的长短（即句度）可以参差变化。如苏轼的同调的两首词《念奴娇·中秋》和《念奴娇·赤壁怀古》就出现过这种情况。前词中有一韵为"我醉拍手狂歌，举杯邀月，对影成三客"，是"六、四、五"字格式；后词中相对应的一韵则为"遥想公瑾当年，小乔初嫁了，雄姿英发"，成"六、五、四"字格式，句度有所不同。但应当承认这是正常的，允许的。如果认为只有前者才算合谱，而硬要后者迁就前者，成为"遥想公瑾当年，小乔初嫁，了雄姿英发"，就难免变得令人费解。可见，推敲句度，对读赏好一首唐宋词也是很有必要的一招。

目 录

王　勃　送杜少府之任蜀川 /1

贺知章　咏柳 /10

贺知章　回乡偶书二首（其一）/15

王　翰　凉州词二首（其一）/19

王　湾　次北固山下 /24

王　维　使至塞上 /31

王　维　九月九日忆山东兄弟 /38

王　维　少年行（其一）/41

王　维　送元二使安西 /43

孟浩然　过故人庄 /50

孟浩然　春晓 /57

王昌龄　从军行七首（其四）/59

王昌龄　出塞二首（其一）/65

王昌龄　闺怨 /69

王昌龄　芙蓉楼送辛渐二首（其一）/72

岑　参　白雪歌送武判官归京 /76

王之涣　凉州词二首（其一）/85

王之涣　登鹳雀楼 /91

李　白　峨眉山月歌 /95

杜　甫　闻官军收河南河北 /99

韦应物　滁州西涧 /108

张志和　渔歌子（西塞山前白鹭飞）/114

柳宗元　江雪 /121

刘禹锡　酬乐天扬州初逢席上见赠 /126

白居易　忆江南三首（其一）/131

韦　庄　菩萨蛮五首（其二）/139

李　煜　虞美人（春花秋月何时了）/148

范仲淹　渔家傲（塞下秋来风景异）/157

苏　轼　念奴娇（大江东去）/165

岳　飞　满江红（怒发冲冠）/179

送杜少府之任蜀川

王 勃

城阙辅三秦,风烟望五津。
与君离别意,同是宦游人。
海内存知己,天涯若比邻。
无为在歧路,儿女共沾巾。

　　这是王勃的名篇之一,也是整个唐诗中的名篇之一。
　　王勃(650或649—676),字子安,绛州龙门(今山西河津)人。幼年即聪颖过人,崭露才华。高宗麟德初应制科,对策高第,授朝散郎。沛王李贤慕其才,召为王府修撰(朝散郎、修撰皆文学侍从之职)。因戏撰《檄英王鸡文》,触怒高宗,被斥逐王府。曾漫游蜀中,其间诗文大进。咸亨四年(673)补虢州参军,因匿杀官奴获罪,当诛;会赦,除名。其父也坐此迁交趾(今越南河内)令。除名后,即潜心著述,不复应召再仕。上元二年(675),赴交趾省父,渡南海,溺水,惊悸而死。
　　王勃是初唐时期一位才学兼优而又异常勤奋的青年学者和诗人,与同时代的杨炯、卢照邻、骆宾王"以文章齐名天下",世称"初唐四杰"。他的诗,虽仍未彻底摆脱六朝浮艳文风的影响,却常于流丽婉畅之中透露出浑厚豪放的气象,已经形成自己的独特风格。其尤擅长五律,对推动唐诗的健康发展作出了积极的贡献。

这首诗题一作《送杜少府之任蜀州》。今按，作"川"字是。据唐人杜佑《通典》、李吉甫《元和郡县图志》和五代人刘昫《旧唐书·地理志》所载，蜀州（即今四川崇州）始置于唐垂拱二年（686），而王勃则死于唐高宗李治上元三年（676），也就是在王勃死后十年，才有蜀州建制。所以，这首诗题不得作"蜀州"，"州"字当为"川"字形近而误，该是确定无疑的。"蜀川"，指西川，相当于现今四川省岷江流域一带。"杜少府"，其人名、字以及生平行事均已不详。据诗中所写仅可推知他是王勃的好友，并且二人年岁也可能大致相侔。"少府"，本为朝官名，九卿之一，掌管山海地泽的税收，以供奉皇帝，入唐后则演化为对县尉的美称。据周煇《清波杂志》卷十所载"古治百里之邑，令拊其俗，尉督其奸，故令曰明府，尉曰少府"，可证。"之任"，赴任，即前往就职。"之"，此处用作动词。

看了题目，可知这是一首送别诗。为便于理解这首诗的思想内容和成就，不妨先从我国古代一般送别诗谈起。

我国古代送别诗的产生，至少可以上溯到汉代。相传苏武、李陵的赠答诗，即为这类诗的发轫之作。如旧题《李陵与苏武》二首其二：

> 携手上河梁，游子暮何之？
> 徘徊蹊路侧，悢悢不能辞。
> 行人难久留，各言长相思。
> 安知非日月，弦望自有时。
> 努力崇明德，皓首以为期。

就表现了送别的内容。此后，这类诗越来越多，以至南朝梁萧统（即"昭明太子"）编辑《文选》时得以专辟"祖饯"（古代出行祭祀路神叫作"祖"，以酒食送行叫作"饯"，后因称设宴送行为"祖饯")一目,选录了截至他以前的送别诗的代表作。如曹植的《送应氏》二首、沈约的《别范安成》等即是。可见,送别早已成为诗人常写的题材了。但是,所有这些送别诗,无一例外是表现"有别必怨,有怨必盈"的内容,抒发"黯然销魂"(以上引文均见江淹《别赋》)的意绪的。从思想感情看,都未免过于消沉。如曹植的《送应氏》二首其一:

步登北邙坂,遥望洛阳山。
洛阳何寂寞,宫室尽烧焚。
垣墙皆顿擗,荆棘上参天。
不见旧耆老,但睹新少年。
侧足无行径,荒畴不复田。
游子久不归,不识陌与阡。
中野何萧条,千里无人烟。
念我平常居,气结不能言。

沈约的《别范安成》:

生平少年日,分手易前期。
及尔同衰暮,非复别离时。
勿言一樽酒,明日难重持。
梦中不识路,何以慰相思?

就都是这样的:一则哀叹"念我平常居,气结不能言",一则悲呼"梦中不识路,何以慰相思",都够得上"怨"而且"盈"了。比较说来,曹植的组诗《赠白马王彪》第六首似乎有所不同:

心悲动我神,弃置莫复陈。
丈夫志四海,万里犹比邻。
恩爱苟不亏,在远分日亲。
何必同衾帱,然后展殷勤。
忧思成疾疢,无乃儿女仁!

仓卒骨肉情，能不怀苦辛？

组诗前五首，写得都很悲痛。只这第六首，自"丈夫志四海"以下八句，似乎在抒发豪情了。但通读下来，不难发现，这也无非是强自宽解，故作旷达而已。仔细品味，字里行间，正强压着愈加强烈的悲痛。结果，愈宽解而愈不能，蓄之既久，其发必烈，竟然把满腔悲痛凝聚为末两句："仓卒骨肉情，能不怀苦辛？"火山爆喷式地倾吐了出来。所以，从全诗的抒情基调看，仍没有越出"有别必怨，有怨必盈"的樊篱。

送别诗到了初唐时期的王勃，方才出现了重大的突破。而集中地显示了这一突破成就的，就是他的这首《送杜少府之任蜀川》。

这是一首五律。

诗的首联"城阙辅三秦，风烟望五津"，点明送别之事。第一句"城阙辅三秦"，交代送别地点。"阙"，本指皇宫前面两相对峙、上饰金凤的望楼。这里"城"与"阙"连文，特指城垣高耸、凤阙入云的京城长安。"辅"，用作动词，是护卫的意思。"三秦"，泛指关中地区。秦末项羽入关，把秦国故土关中分成雍、塞、翟三国，总称三秦。按照通常说法，"城阙辅三秦"本应作"三秦辅城阙"，意谓：辽阔的三秦地区护卫着雄伟壮观的京城长安。这里不说"三秦辅城阙"而说"城阙辅三秦"，是为了强调"城阙"而把它提前做了主语。于是"辅三秦"实际上已经是"辅以三秦"省去介词"以"的缩略。从而全句的意思就成了城垣高耸、凤阙入云的京城长安，由辽阔的三秦地区护卫着。这样，就更突出了京城长安的雄伟气势。第二句"风烟望五津"，指出友人去向。"风烟"，风尘烟雾，此指极目远望时所见到的一种景象。"五津"，本指四川由灌县以下到犍为一段五个著名的渡口，白华津、万里津、江首津、涉头津和江南津,这里则泛指杜少府之任职地蜀川。蜀川本在千里之外,要"望"是怎样也望不到的;望不到而还要望,不过只见一片迷茫的风尘烟雾而已。这样,既表现了友人去处的遥远,又暗示了友人征途的艰辛,从而在言辞之间微微流露了惜别之意。

前面说到,王勃这首诗对于"有别必怨,有怨必盈"的传统离别诗有了重大的突破,何以这里又惜别起来?须知惜别不等于伤别。"有别必怨,有怨必盈"是伤别的表现。而老友相处,十分亲密,一旦离别,感到惋惜,本是人之常情。这一点,古今中外,概莫能外。如果好友远去,竟然无动于衷,连一点惋惜之情也没有,甚或喜离庆别一番,那倒不可思议了。因而这里表示惜别,正是送别诗的不可或缺之意。

这两句中的"辅"字和"望"字用得好,它们不仅生动地摹状出送别途中二人时而回头仰望长安城阙,时而翘首远眺蜀川风烟的神情动作,共同点醒了题目中的"送"字,并且巧妙地将莽莽三秦高原上的京城长安与千里之外迷蒙如烟的巴山蜀水在意象上连接在一起,从而敷设出十分壮阔的送别场景,为全诗奠定了雄放的感情基调。

颔联"与君离别意,同是宦游人",进一步写送别时的心情。"与君离别意"一句是紧承首联已经点明的送别之事拈连而来。句中"离别",应视为偏义复词。《离骚》"余既不难夫离别兮",王逸注:"近曰离,远曰别。"杜少府现在要到千里之遥的蜀川赴任,自然是义偏于远"别"。而"意"字,当解作意绪,即心中所想到的。心中所想到的是什么呢?"同是宦游人"一句做了回答。"宦游",指离家到异地做官。这两句应该连读,意思是:当你我就要分别的时候,我心中所想到的是我们同是出门做官,想干一番事业的人。照理说,既是送别,毕竟有客有主，一去一留，二人此时的处境本当互异，但这里偏偏避开"异"，而特别强调一个"同"字，确实耐人寻味。究其原因，这一则固然是他客中送客的真情表白，因为他的家乡在绛州龙门，他自己也是为求仕进，客游京城的，但更重要的，是要用二人具有共同的身份、经历、志向和心绪来安慰对方，因为只有这样，才一方面便于提醒对方领会眼下自己由志同道合的友人行将远别所勾起的同心相应的深情，另一方面又能启发对方重温往日彼此朝夕相处、切磋琢磨的厚谊，从而缓解对方只身远去的孤寂落寞之感。总之，这两句写得委婉亲切，十分得体。

  颈联"海内存知己，天涯若比邻"，语气一转，从另一个角度申述对离别的看法。"海内"，四海之内，泛指全国。"知己"，知心朋友。"天涯"，天边；天本无边，这里指极遥远的地方。"比邻"，近邻，古时候五家相邻为比。如《周礼·地官·大司徒》云："令五家为比，使之相保。"从诗句渊源上看，这一联自然是对上引曹植组诗《赠白马王彪》中"丈夫志四海，万里犹比邻。恩爱苟不亏，在远分日亲"几句的化用，但确能自铸伟词，化出新意。它凌空起势，而又意蕴丰赡。首先，可以上下句紧密结合，构成流水对的格式，句意间呈因果关系：因为你我互为知己，心心相连，所以即使一个天涯、一个海角，远隔万水千山，也会像近邻一样，保持着精神上的共鸣、感情上的交流。盛唐诗人张九龄《送韦城李少府》诗中"相知无远近，万里尚为邻"两句，就发挥了这样的寓意。其次，又可以上下句相对独立，构成名对的格式，句意上各有所指：上句"海内存知己"是说，四海之内，天地广阔，英才众多，走到哪里，都会遇上知己的，因此，不必为我们远别而悲伤。盛唐诗人高适《别董大》诗中"莫愁前路无知己，天下谁人不识君"两句，就发挥了这样的寓意。下句"天涯若比邻"是说，大丈夫志在四方，心胸开阔，把"天涯"

看得如同"比邻"一样近。即此一句，已足以统摄上引曹植诗数句的原意。而值得注意的是，无论就哪一种意思说，都一扫"黯然销魂"的离愁别绪，而充溢着豪迈、奔放、积极、乐观的情调，能给人以极大的鼓舞力量。并且，从表面上看，这好像否定了前面的惜别，实则是更进一层地表达了对友情的珍视和信念——真挚的友情，决不会因形迹的阻隔而淡漠，相反，它必将突破时空的限制，像一条无形的纽带，把双方永远地、紧密地连接在一起，从而也就把全诗的抒情意蕴推向了高潮。

尾联"无为在歧路，儿女共沾巾"，结出全诗主旨。"无为"，不要。"歧路"，本意为岔路，这里指临别分手之处。因为古人送别，常在大路的岔道口分手，所以又把临别称作"临歧"。"儿女"，即"儿女子"，语出《后汉书·来歙传》。来歙是东汉刘秀手下大将，他率兵攻蜀，蜀主公孙述派刺客刺杀他。他临死前驰召盖延接替他主管攻蜀军事，盖延到他面前伤心得不敢仰视，他因而气急地说："故呼巨卿（即盖延），欲相属以军事，而反效儿女子涕泣乎！"意思是希望盖延坚强起来。这里的"儿女子"意同"妇孺"，即妇女和儿童。他们的感情比较脆弱，遇事容易流泪，所以来歙这样说。王勃诗即用此意。"沾巾"，指哭泣，人哭的时候难免要用巾帕去擦眼泪，因而就用沾巾这一形象化的语词指代。交情很深的好友分别时很容易产生依依难舍之情，但"儿女情长"就势必"英雄气短"，所以这里劝勉杜少府不要像妇女儿童那样感情脆弱，哭哭啼啼，难舍难分，而应该拿出大丈夫志在四方的英雄气概来。这两句，用"无为"二字既否决了通常分别时难免要有的"儿女之情"，又恰到好处地补足了对友人无微不至的关切体贴之意。可以想见，经过这番劝勉，远行的友人定会受到思想的启迪、感情的鼓舞，而终于精神振奋，意气昂扬，欣然分手，慷慨上路了。

总之，这是一首别开生面的送别诗。诗的主旨在于劝勉友人不要为远别而悲伤。全诗除首联点明送别之事外，其余三联都是劝勉友人的话语。固然诗中所表达的仍不外乎封建文人私人间的情谊，但感情真挚动人，意绪乐观健康。其中有友情的温暖，有仕途的体验，有耐心的开导，有热诚的鼓励，真是将心比心，以心换心，感化说服，情理俱到。而所有这些又集中地体现了诗人的阔大胸怀和豪迈气概。尤其"海内存知己，天涯若比邻"两句，写得高屋建瓴、豁达大度，具有雄视百代、震古烁今的非凡的思想境界和魄力，无愧为全诗的警策。陈婉俊补注《唐诗三百首》评价此诗："赠别不作悲酸语，魄力自异。"可谓中肯之论。

从全诗所表现的内容和抒发的感情来看，这首诗当作于王勃为官长安、未遭斥逐以前。那时正是初唐后期，国家统一，社会安定，到处呈现出一派蓬勃兴旺的景象。尤其当时较为认真地实行科举制度，广泛选拔人才，打破了自曹魏以后由世家豪门垄断政治的局面，这就使社会地位低下的青年文人一般都具有乐观进取的精神。王勃就是通过科举考试，刚刚踏上仕途的。当时他还不到二十岁，对自己的人生道路自然怀有美好的憧憬和十足的信心。而他要送别的友人杜少府，也正要走马上任，到蜀川做官，同样是一个和他年岁相佯、仕途有望的青年人。正是在这样特定的主客观条件下，王勃才有可能写出这样一首别开生面的送别诗。由此看来，诗中所表现的开阔乐观的情调，不仅体现了他个人的广阔胸怀和豪迈气概，而且也反映了初唐时期那种蓬勃向上的时代精神。

还应当注意到，唐代诗人大都是通过科举进入仕途的知识分子，因而送友人"之任"就成为唐诗中非常流行的题材。而王勃这首《送杜少府之任蜀川》，则是今天我们能够见到的第一篇以积极乐观的态度反映这一题材、鼓励友人建功立业的优秀之作。因此，它的出现具有开拓的意义，不仅扩大了传统送别诗的题材领域，而且提高了送别诗的思想境界，昭示出唐诗健康发展的新方向，从而在文学史上赢得了不容忽视的地位。严羽《沧浪诗话》认为："唐人好诗，多是征戍、迁谪、行旅、离别之作。往往能感到激发人意。"王勃的《送杜少府之任蜀川》，就无愧于唐人"能感到激发人意"的离别诗中的开山之作。

这首诗在艺术上也很有特色，最突出的是结构严谨而又章法灵活。从结构上说，律诗讲究起承转合，各得其宜。这首诗就很好地做到了这一点：首联点明送别，起破稳妥；颔联突出心情，承接自然；颈联申述看法，转折有力；尾联结出主旨，合拢精当。这种结构上的起承转合，恰到好处地体现了诗人由惜别到体贴、鼓励、劝勉的思想感情的起伏变化，达到了内容与形式的完美统一。从章法上说，律诗的定例是中间两联要求对仗，首尾两联可以不拘。而王勃这首诗，偏偏首联出以对句，次联则采用散调。这表现了章法上的灵活。当然，这种灵活，并不违背律诗的基本要求，而仍属于其中的一体，即"偷春格"。什么叫"偷春格"？宋代诗人魏庆之《诗人玉屑》做了这样的说明："其法颔联（第二联）虽不拘对偶，疑非声律，然破题（第一联）已的对（即工对）矣，谓之'偷春格'，言如梅花偷春色而先开也。"不过，诗人这样做也并非故意标新立异，而完全是出于内容表达需要的考虑。因为首联要分别写送别地点和友人去向，正适合用对仗的句式，而次联以散调承接，这不仅巧妙地避免了行文上的板滞，并且自然地适应了由惜别转向体贴的感情变化，从而进一步保证了全诗内容与形式的尽可能完美的统一。

咏　柳

贺知章

碧玉妆成一树高，万条垂下绿丝绦。
不知细叶谁裁出？二月春风似剪刀。

贺知章（659—约744），字季真，越州永兴（今浙江省杭州市萧山区西）人。武后证圣元年（695）进士及第。复登超拔群类科，授四门博士。累迁太常博士、户部员外郎、起居郎。开元十年（722）入丽正殿参修《六典》（即《唐六典》，详载百官的执掌和沿革）与《文纂》（已佚）。十三年（725）迁礼部侍郎、集贤院学士。历工部侍郎、太子宾客、秘书监。开元初与包融、张旭、张若虚号为"吴中四士"（《新唐书》卷一四九《刘晏传》附《包佶传》）。他一生仕途稳顺，虽官阶未及极品，却始终供职朝廷。直到天宝二年（743）冬，"因病恍惚"（《旧唐书》本传）而请准致仕，度为道士还乡。次年正月动身还乡时，玄宗亲自作诗为他送行，还特将镜湖剡川一曲赐给他居住。太子与百官也都为他饯别，因而可谓"衣锦荣归"。还乡后不久病殁，享年八十六岁。

贺知章生性放诞嗜酒，晚年自号"四明狂客"（"四明"指四明山，在今浙江省宁波市鄞州区西南）。仕居长安期间曾与李白等八人被世人号为"饮中八仙"。杜甫《饮中八仙歌》

首先歌咏的就是他："知章骑马似乘船，眼花落井水底眠。"说他酒醉后骑马的姿态就像乘船那样摇来晃去，醉眼蒙眬中跌进井里，竟会就势熟睡起来，活画出他纵逸浪漫的性格特征。《全唐诗》仅录存其诗一卷，计二十首。除去并无多大意义和价值的郊庙乐章和"奉和圣制"之作，下剩不过九首。而这九首中有六首为七言绝句。应当说，他正是凭着这清新隽永的六首七绝而驰誉当时诗坛并流芳后世千年百代的，也因此他被公认为文学史上得盛唐七绝风气之先的诗人。

请看他的《咏柳》。

这是一首咏物诗。循名责实，诗的内容自当是歌咏柳树的。

在国画中，流行有"画树难画柳"之说。那是因为，柳树的枝梢自然下垂，与其茎干恰好形成走势与形象上的强烈反差；而这反差，又竟然是绝对超乎人工而十分完美的和谐与统一，成为区别于其他任何树种所独具的风韵。于是，柳树就成为绘画中不便轻易问津的一种高难度的题材。

其实，诗亦如画，要咏柳，没有高超的艺术表达技巧也是很难取得理想效果的。而作为诗歌高手的贺知章，却以他娴熟精妙的笔触，成功地勾画出形神兼备、生意盎然的春柳形象。

亚里士多德在《诗学》一书中曾经提出："比喻是天才的标志。"统观《咏柳》这首诗，就是借一系列的比喻钩织成一个艺术整体，从而把春柳的形象生动地展现于读者面前的。

诗的起句"碧玉妆成一树高"，先总写春柳。"碧玉"，本为矿物名，是一种含铁的石英，呈红色、褐色或绿色，可作装饰品，亦称碧石。此处当指绿色碧石。"妆成"，打扮成。"一树高"，全树的通体上下。此句的妙处全在于拈来"碧玉妆成"这样色彩鲜丽明亮的字眼，恰切生动地摹状了春柳的整体形貌。意思是：那早春二月的杨柳，它通体上下宛如用绿色的玉石装扮而成，是那样的玲珑剔透、青翠欲滴。这样理解，自然是"以物比物"的写法，是借碧玉所特具的青绿的色和晶莹的光以引起人们的艺术联想，从而形成对春柳的美好的印象。当然，也有不妨将"碧玉"干脆设想成人的。南朝宋汝南王之妾即名碧玉，北周庾信《结客少年场行》有句曰："定知刘碧玉，偷嫁汝南王。"南朝梁元帝《彩莲赋》有句曰："碧玉小家女，来嫁汝南王。"又唐乔知之之妾亦名碧玉，一名窈娘。唐张鷟《朝野佥载》卷二载："周补阙乔知之有婢碧玉，姝艳能歌舞，有文华。知之时幸，为之不婚。伪魏王武承嗣暂借教姬人梳妆，纳之，更不放还知之。知之乃作《绿珠怨》以寄之……碧玉读诗，饮泣不食三日，投井而死。"皆碧玉为人名之证。如此，则就成了"以人比物"的写法，是说那早春二月的杨柳，就像古代美女碧玉姑娘刚刚梳妆起来那样，亭亭玉立，楚楚动人。不管怎样理解，这一句所塑造出来的春柳的总体形象，都是十分优美生动的。

诗的次句"万条垂下绿丝绦"，则特写柳枝。"丝绦"，以丝线编织而成的圆形或扁平形的，用来镶在衣服、枕头、窗帘等的边沿以为饰物的带子。《礼记·内则》："织纴组紃。"郑玄注："紃，绦也。"孔颖达疏："组、紃，俱为绦。薄阔为组，似绳者为紃。"这里，把早春二月的杨柳枝比成了千条万条丝线织成的绦带，形象逼真地描绘出了春柳那独具的袅娜多姿、仪态万方的形象。

诗的三、四句"不知细叶谁裁出？二月春风似剪刀"，再集中写柳叶。第三句直接点明柳叶，并未做更多的形容，而只着意突出一个"细"字，即把柳叶的最大特点和盘托出。而且"裁"字用得尤为奇巧：人们乐于赞赏大自然的本色美，那是因为一经人工雕饰的景物，往往会失去它原汁原味的生气和风韵，但人们也同样乐于赞赏经过人工雕饰的大自然的美，那是因为经过成功的人工雕饰的景物，又常常会更富于巧夺天工的艺术灵性和魅力。现在，适巧眼前这春柳的细叶，不仅是非人工的天成之物，而且又仿佛是经过人工精心剪裁出来的艺术品一样。诗人正是为这"二美并"的十分难遇的景象所吸引、陶醉，于是才发出"不知细叶谁裁出"的疑问。而经此一问，就把春柳的细叶给人带来的那种苗条、清爽、俊逸、精巧等多重美感，升华到了一个从未有过的高度。这样不仅给读者留下极为深刻鲜美的印象，而且为引出结句做好了应有的铺垫。

　　结句"二月春风似剪刀"，即是对上句所提疑问的回答。须知句中"二月春风"是不可移易的妙语。这是因为，比如要把"二月"换成"正月"或"三月"，就会使人产生失真的感觉。因为正月柳眼初开，柳枝鹅黄，正是如白居易《杨柳枝词》所写"一树春风千万枝，嫩于金色软于丝"的时节，尚不可能"一树""碧玉"，而三月则已柳絮满树，四处飘飞，到了如韩愈《晚春》所写"杨花榆荚无才思，惟解漫天作雪飞"的时节，更难切合诗中"细叶"如"裁"。再说"春风"也不可替代：它带有动感，与上句表示动作的"裁"字恰相匹配，显得十分协调得体，而且对整个描写春柳起着补充和进一步点醒的作用，让人可以由它进而联想春柳那种婆娑多姿的情状，如若换成"春光""春色"等字眼，就会显得呆滞死板，甚至不伦不类了。而"剪刀"又自然是从上句的"裁"字招引出来的，这在修辞上称作"拈连"，而这里因"裁"必由"剪刀"，的确"拈"得太巧了，"连"得太妙了，可以说是达到了天衣无缝的化境。总之，这一句不仅巧妙地回答了上句"不知谁裁出"的疑问，并且非常机智地将咏柳最终转换为对"似剪刀"的"二月春风"的深情赞美。至此，读者不难发现，这首诗字面上是咏柳的，其内涵则是咏春的，是借咏柳以咏春。归根结底，全诗的潜台词其实是：啊！

原来是春姑娘她剪出了片片细叶,裁就了条条丝绦,装扮了株株碧树,剪破了冰天雪地的严冬,裁制成万紫千红的春的世界!是的,春姑娘走到哪里,就会把勃勃生机带到哪里,把青春的美装扮到哪里,应当说,她才是传播生命的天使,她才是美化世界的能工巧匠啊!

  以上两句,或许是化用宋之问的《奉和立春日侍宴内出剪彩花应制》中"今年春色早,应为剪刀催"之句而成的,但却能化出新意,不仅写出了春柳的特征,赞美了春天的活力,而且融入了对二月春风料峭、尖厉的体认,使诗句显得尤为贴切而奇警。

  毫无疑问,诗中所洋溢的那股扑面而来的诱人的春的气息,不仅体现着盛唐欣欣向荣、蓬勃向上的时代精神,而且即使到今天,它也仍然会给人们健康有益的艺术享受,陶冶人们乐观向上的思想情操。一句话,这首诗无愧为我国古代文学宝库中一颗身量不大却晶莹璀璨的明珠!我们读完全诗,不得不为其新颖的构思、巧妙的比喻、生动的语言,以及由此而形成的如此俊美的意境拍案叫绝,并对作者展现出的高超诗艺表示由衷的感佩,致以深深的敬意。

回乡偶书二首（其一）

贺知章

少小离家老大回，乡音无改鬓毛衰。
儿童相见不相识，笑问客从何处来。

"回乡"，指作者晚年致仕以后回到家乡。"偶书"，意为随便写成。现在选来鉴赏的这首《回乡偶书》组诗其一，是尤为后人推崇的不朽名篇。全诗以白描手法，抒发了诗人久客初归，由特定的情景触发而生的那种既是欣慰又有些许感伤的微妙复杂的思想感情。

诗的前两句"少小离家老大回，乡音无改鬓毛衰"，是从正面写。首句"少小离家老大回"，点明久客异乡。先从"离家"写起，并在"离家"前加上限制词"少小"，然后写到"回"，又在"回"前加上限制词"老大"，从而将自己自"离家"到"回"乡相隔时间之长久做了清楚的交代，并从中暗暗透露出由此产生的不寻常的感触。从现有史料来看，虽未能确知诗人离乡的具体时间，但由他考中进士是在武后证圣元年（695）可以推知，他至迟是在三十七岁以前就离开家乡的；再从诗中所说"少小离家"体味，估计应在十九、二十来岁离家的可能性更大；即以三十岁离家算起，到他八十六岁"老大"还乡，其间也已过了半个世纪以上了。想想看，既然离家如此之久，如今真的踏上故土,终于叶落归根,难道能不倍觉亲切格外兴奋吗?

二句"乡音无改鬓毛衰",强调"初归"。着重突出两个细节:一是"乡音无改",这是初归时的特定情景所引起的对自我的一个似出意料之外的可喜"发现":回乡之初,与人攀谈,所操竟仍是满口乡音,于是觉察自己虽久客他乡,今日得回,却还能"乡音无改",自然要感到十分欣慰,从而激发起历久弥深的乡土之情。二是"鬓毛衰",则是初归时的特定情景所引起的对自我的一个本在情理之中的重新"认识"。"鬓毛",鬓发。"衰",疏落的样子。如今,自己已经八十六岁,是"老大回",那么须发皆白,老态龙钟,本来早就成了一种客观存在。有意思的是,这种经过积年累月的渐变而走向衰老的自然过程,在平常自己反倒习而不见,无所警觉,现在初归故乡,也许是经人提醒,也许是从乡人的变化感悟到了自己的变化,这才深有所感。于是,伴随着对自己"鬓毛衰"的重新"认识",又不得不在心底深处生起一缕久客叹老的淡淡哀伤。总之,"乡音无改"是一喜,"鬓毛衰"是一衰。一喜一衰,喜哀兼具,充溢心中,这种久客初归时感情上的微妙的波动与变化,就在两个细节的形象生动的描写中,被自然而然而又淋漓尽致地表现出来。

诗的后两句"儿童相见不相识,笑问客从何处来",是从侧面写。三句"儿童相见不相识",突出自己在家乡的小孩子眼里成了陌生人;四句"笑问客从何处来",进一步强调自己在家乡小孩子的眼里反倒成了客人。这就有力地衬托出自己是久别家乡之后的初归。不难揣想,听到"儿童"这种将自己"反主为客"的一问,诗人首先恐怕会有些惊讶:怎么,我这本乡本土的老资格,竟成了客人了?但在这惊讶的一闪念之后,准会立即不无苦涩地觉得好笑,意识到既然自己离开家乡已如此之久，因"儿童不识"而被当作客人"笑问"，本也在情理之中，又有什么奇怪呢？从而产生许多念旧叹老、人世沧桑的感慨吧！不过，对于这些思想感情上的微妙波动与变化，也如前两句那样一概未作直接的抒写，而只是将初归时"儿童"的"不识"而"笑问"这个极富于戏剧性的生活细节摄取到了诗句的艺术画面之中。至于其中所蕴含的深意，就全留给了读者，让读者透过这一幽默风趣的画面，自己去体味、去思索、去把握，从而收获使人"思而得之"（司马光语）的艺术效果。

当然，作者在这首诗中留给读者"思而得之"的意蕴究竟是什么，其实到他写《回乡偶书二首》（其二）时还是做了明确的交代：

离别家乡岁月多，近来人事半销磨。
惟有门前镜湖水，春风不改旧时波。

就是说，江山依旧，人事全非，原来自己熟悉的至亲好友大都故去，眼前所能见到的已全然是从未谋面的年轻面孔，正所谓"长江后浪推前浪，一代新人换旧人"啊！于是，不能不如建安时代大诗人曹植《送应氏》二首其一中的诗句所表达的那样，感慨于"不见旧耆老，但睹新少年"了。

宋代大诗人陆游说过："文章本天成，妙手偶得之。"（《文章》）《回乡偶书二首》其一这首小诗，就是"妙手偶得"的"天成"之作。一方面，全诗所展现的是一片化境，确如明人唐汝询《唐诗解》所评："模写久客之感，最为真切。"清人王尧衢《古唐诗合解》所评："此作一气浑成，不假雕琢，兴之偶至，举笔疾书者。"清人宋宗元《辋师园唐诗笺》所评："情景宛然，纯乎天籁。"另一方面，却又恰恰由此而写出了如别林斯基所说"赞赏的读者们总是找到他们早已熟悉的东西，他们自己所有的东西，那是他们曾经感觉到，或者模糊地预感到，或者想到过但又不能赋予清楚的形象，不能找到语言说出来而只有诗人才能表现的东西"（别林斯基《论文学》），所以，特别能够打动读者，引起读者的共鸣。总之，像这样源于生活，发自心底，而又玲珑剔透、兴味隽永的好诗，是很难得的，因此也就特别值得珍视。

凉州词二首（其一）

王 翰

葡萄美酒夜光杯，欲饮琵琶马上催。
醉卧沙场君莫笑，古来征战几人回？

王翰，字子羽，并州晋阳（今山西省太原市西南）人。闻一多《唐诗大系》定其生卒年为武后垂拱三年至玄宗开元十四年（687—726），但据现有文献资料，实尚难考知其确切的生卒年份。睿宗景云元年（710）进士及第，开元八、九年（720—721）复连举直言急谏、超拔群类科，调昌乐尉。开元十三年（725）张说入相，召为秘书正字，擢通事舍人，迁驾部员外郎。次年（726）张说罢相，翰出为汝州刺史，改仙州别驾。后以生活放荡，恃才不羁，喜纵酒游乐，贬道州（今湖南省道县）司马。有资料显示，开元二十三年（735）杜甫至洛阳应试时，翰尚在世。或终于道州。

王翰兼善诗文。据《唐才子传》载："文士祖咏、杜华等尝与游从。华母崔氏云：'吾闻孟母三迁。吾今欲卜居，使汝与王翰为邻，足矣。'其才名如此。"《全唐诗》存其诗十四首，多壮丽之词。《饮马长城窟行》《春日思归》《凉州词二首》均堪称佳制。而《凉州词二首》其一是其著名代表作，仅此一首七绝，也就足以使他扬名后世了。

《凉州词二首》，属乐府近代曲辞，本名《凉州歌》，据载为唐开元年间西凉府都督郭知运进献的宫调曲，内容多写西北边事。凉州，唐时州治在今甘肃省武威市。

　　王翰的这首《凉州词》是写军中宴会的边塞诗。在鉴赏这首诗之前，有必要先行说明两点：第一，诗中所写宴会是为什么举办的？有认为是"战罢回营，设酒作乐"（中国社会科学院文学研究所《唐诗选》）；而我们的意见相反，则认为应是战前动员，设宴壮行。第二，这首诗所表达的思想感情是怎样的？有认为是"沉痛语也"（清人朱之荆《增订唐诗摘钞》），是"故作豪饮之词，然悲感之极"（清人沈德潜《唐诗别裁集》）；而我们的意见相反，则认为这首诗表达了戍边将士豪放旷达的英雄气概，并从一个侧面反映出盛唐乐观自信的时代精神。

　　这首诗的前两句"葡萄美酒夜光杯，欲饮琵琶马上催"，即总写军中宴会丰盛和热闹的景象。首句"葡萄美酒夜光杯"，先写宴会酒馔的丰盛。"葡萄美酒"，为当时西域盛产的一种优质美酒。"夜光杯"，据托名汉东方朔撰《海内十洲记》载，为周穆王时西胡所献夜光常满杯，以白玉精制而成，夜能发光，有如"光明夜照"，因以"夜光"称之，自然是一种十分难得的高级酒杯。这一句，采用以词组代句之法，只并列地点出"酒"和"杯"两样东西，却收到了以一当十的表达效果，不仅给人以美感，而且启人以联想："酒"既如此之优，"杯"又如此之精，那么宴会的特别丰盛自不待言。总之，经这一点，则宴席上摆设得琳琅满目、五光十色、一应俱全的景象，也就不期然而然地尽现在眼前了。可以推测，稍后的盛唐诗人岑参在《白雪歌送武判官归京》中描写军宴热烈的诗句"胡琴琵琶与羌笛"，或许就是受了王翰所作诗词的启发而创作出来的。

次句"欲饮琵琶马上催",接写宴会气氛的热烈。"欲饮",将饮,指举杯祝酒,表示宴会开始。"琵琶",胡地常用乐器。"马上",骑在马上。"琵琶马上",是说骑在马上弹奏琵琶。按照胡地习俗,弹奏琵琶常是骑在马上。"催",催饮,即"侑觞",为宴饮助兴。全句意思是说,就在宴会开始,大家刚刚举杯祝酒之际,骑在马上的琵琶手们也不失时机地弹奏起急促欢快的旋律,为大家开怀畅饮侑觞助兴。这与初唐诗人杨炯《送临津房少府》诗"弦奏促飞觞"是同样的意思,却打破了七言句常见的上四下三式音节组合,而改作上二下五的特殊句法,从而有效地将宴会上"欲饮"即举杯祝酒的主景与"琵琶马上催"即奏乐助兴的辅景两个方面加以区别并相互呼应,使宴会气氛的热烈得到了充分的强调和渲染。

这首诗的后两句"醉卧沙场君莫笑,古来征战几人回",则特写宴会上祝酒和畅饮的场面。而写场面,又仅仅拈出两句豪迈旷达的祝酒词加以突出强调:弟兄们,让我们高高举杯,尽情地喝吧,喝他个一醉方休!自古以来那些为报效国家征战边陲的英雄好汉们,早把生死置之度外。所以,即使我们现在喝醉了,随后醉卧到沙场上,那也是我们的豪气,是我们的乐事,又有什么好笑呢?言谈话语中洋溢着雄放、旷达、健朗、兴奋的感情,与前面所烘染出来的宴席间那种丰盛的酒馔、热烈的气氛是非常谐调恰相一致的。

诗读至此,有必要探讨一下前述对这首诗所表达的思想感情的解释产生歧异的原因了。原因就在对诗的后两句的理解,尤其是最末一句"古来征战几人回"的理解不同所造成的。有认为"末句说古来从军作战能回归者无几,夸张了战争的残酷,这种夸张有消极意味"(中国社会科学院文学研究所编《唐诗选》)

的，由此当然很容易引出"沉重语也""悲感之极"之类的结论。而我们认为，这是一种脱离全诗又过分拘泥于字面的误解。如前面我们已经分析过的，诗的末句"古来征战几人回"，其实属于临战前军中盛宴上为壮行而发的祝酒词，基于此，有理由进一步推测，致辞者怕还正是作为宴会主持者的将帅本人。那么，完全可以肯定，他在作为战前动员的祝酒词中断然不会说出"长敌人志气，灭自己威风"的泄气话，而只能是为大家消除顾虑、扬威鼓劲了。照此理解，则"古来征战几人回"倒应该是充分体现了将士们大无畏的英雄气概，实与建安诗人曹植《白马篇》所写"名在壮士籍，不得中顾私。捐躯赴国难，视死忽如归"是同样意思，只不过这里是以旷达的激将式的反问口气表达出来罢了。这与王翰在《古蛾眉怨》中借"人生百年夜将半，对酒长歌莫长叹。情知白日不可私，一死一生何足算"的诗句所表现出来的那种为诗人所特有的（其实也是当时士人所共具的）极其坦荡的情怀与豪壮的气派是完全一致的。清人施补华《岘佣说诗》评此句云："作悲伤语读便浅，作谐谑语读便妙，在学人领悟。"施氏所谓"谐谑"者，即我们所谓"旷达"也。应当说，施氏的理解是正确的。当代将军诗人陈毅正是慧眼识破了这句诗的"玄机"——它所含的寓庄于谐的积极意义，所以能在《与八路军南下部队会师，同志中有十年不见者》诗"十年征战几人回，又见同侪并马归。江淮河汉今谁属？红旗十月满天飞"一开篇，即巧妙地加以借用，化出了"十年征战几人回"精彩的首句。

  清人施补华《岘佣说诗》云："唐人七绝每借乐府题，其实不皆可入乐，故只作绝句论。"而王翰这首乐府题《凉州词二首》（其一）的七绝，则不管原来入乐与否，只凭它那流走明快的语言，那跳跃跌宕的节奏，那奔放热烈的激情诸方面相互生发、有机结合，已足以产生并葆有使人受鼓舞、生向往的艺术上永恒的魅力。这首小诗能够千古流传，脍炙人口，绝不是偶然的。

次北固山下

王 湾

客路青山外,行舟绿水前。
潮平两岸阔,风正一帆悬。
海日生残夜,江春入旧年。
乡书何处达?归雁洛阳边。

王湾(约 693—约 751),洛阳(今河南省洛阳市)人。新、旧《唐书》均无传。据现有资料仅考知其生平大略为:唐先天元年(712)或二年(713)进士及第[《唐才子传》载其开元十一年(723)进士。非是,不可从]。开元初选任荥阳主簿。开元五年至九年(717—721)奉调先随马怀素后随元行冲等修成《群书四部录》二百卷,再迁洛阳尉,不知所终。生前曾往来吴楚间,而以诗著于时。唐人殷璠《河岳英灵集》评云:"湾词翰早著,为天下所称。"清人谭宗《近体秋阳》更赞其"诗精思俊气,如极秀迈人,虽布袄芒靴,必剪制不同,迥出尘外。每读一作,使人志意由说,肘腋骞然。未可以一时盛名诸君漫为四拟者也"。惜《全唐诗》仅录存其诗十首,而以《次北固山下》为最佳。

在正式鉴赏这首诗之前,须先说明一个情况,即这首诗历来流传着两种文本。一为唐人芮挺章《国秀集》本,再为唐人殷璠《河岳英灵集》本。与芮本相较，殷本除诗题另作《江南意》外，异文尚有：诗的首联作"南国多新意，东行伺早天"；尾联作"从来观气象，惟向此中偏"；而颔联出句末字作"失"。何以会出现这种歧异呢？我们不同意有学者解释为当是两诗之异——殷本所载为出行时所作，芮本所载为归途中所作的意见，而赞同已故学者施蛰存《唐诗百话》中的分析和判断，即实属一诗二稿之异——殷本所载为初稿，芮本所载为定稿。二稿相较，显以定稿为更优，因而为后来越来越多的人所遵从。我们这里所采用的即为芮本。

诗题《次北固山下》，"北固山"，在今江苏省镇江市北，三面临江，它扼当运河与长江交汇口的南侧，历来为南来北往船只必经之处，曾被刘备赞为"天下第一江山"，而与焦山、金山合称"京口三山"。"次"，一般解作止宿、泊船；而细按诗中所写，实为船行中所见，故以解作行至、经过为妥。《史记·酷吏列传》有"外宽，内深次骨"之句，司马贞索引："次，至也。"是"次"可作"至"解之证。据《唐才子传》的记载，王湾曾"往来吴楚间"，而据当代学者傅璇琮《唐才子传校笺》的考证，王湾游江南当在他"进士登第后一二年内"，即玄宗先天元年至开元三年（712—715）之间。因而《次北固山下》一诗，即当写在这一时期。诗中所写则是诗人新春时节初到南国高挂风帆行舟于大江之上所见的开阔景象。

全诗可分三层。

首联"客路青山外，行舟绿水前"，为第一层，是开篇点题，交代行程。出句"客路"，指诗人将要前行的路。"青山"，即北固山。"客路"既然还要通向"青山"之"外"，可见其行程尚远。对句"行舟"，指诗人搭乘的正在前行的船。"绿水"，指长江。"绿水前"，是说正乘船行进在绿水之上。大概是为了表达（如调平仄）的需要，其实这首联两句是倒装着的，顺过来作"行舟绿水前，客路青山外"理解，意思便更清楚，是说诗人现正乘船沿江东进，行经北固山下，而旅程尚未结束，还要继续向前，直到北固山外更遥远的地方去。今按，殷璠《河岳英灵集》谓王湾"游吴中"而作此诗。"吴"，即今江苏省苏州市。苏州远在镇江北固山之东南，那么现在诗人既然乘船要到苏州去，当然就是"客路青山外"了。请注意，两句中的"青山""绿水"已非随意的景物点缀，而是一种特别强调。因为诗人是在科考高中之后出游，可谓"春风得意"，加以初到南方，穿行于最具南国特色的"青山""绿水"之间，自然会印象异常美好，感觉十分新鲜，于是，禁不住地怀着欣赏和赞美的激情，一反传统行旅诗有行必愁的模式，着意将此景致摄入诗句之中，从而也就为全诗定下了乐观昂扬的感情基调。

中二联"潮平两岸阔，风正一帆悬。海日生残夜，江春入旧年"，为第二层，是集中写景，时空交织地写船行江上所见之景。

颔联"潮平两岸阔，风正一帆悬"，先从空间角度切入，写出了一派恢宏开阔、健朗顺畅的景致。出句"潮平两岸"，是说潮水上涨，已与两岸取平。"阔"，是"潮平两岸"所造成的结果，指江面显得特别宽阔，同时代指水涨船高，船上人的视野也更加开阔。对句"风正"，风顺，指风向与航向一致。"一帆"，指诗人所乘的船。"悬"，指扬帆而行。"一帆悬"，又是在"风正"的前提下才可能出现的情景。两句说：春潮涌动，江水浩渺，已与两岸取平，因而江面和视野都显得格外开阔；适巧又遇春风和畅，客船正好一帆高挂，在开阔的江面上向着无限深远的前方轻快地行进。就这样，两句诗先出以"大景"——"潮平两岸阔"，再配以"小景"——"风正一帆悬"，而"以小景传大景之神"（清人王夫之《姜斋诗话》卷上）。尤其通过"平""阔""正""悬"几个谓语性字眼非常贴切而得体的拈连和串用,使"潮平""岸阔""风正""帆悬"诸般物象自然而巧妙地组合搭配起来,最终点染成了一幅南国春江扬帆的生动立体的图画,并从字里行间流露出诗人心旷神怡、兴奋轻松的情趣和意态。

颈联"海日生残夜,江春入旧年",再从时间角度跟进,展现出一派生机勃勃、春意盎然的气象。由诗句可知,诗人是于岁暮腊残连夜行船的。出句是从江面写。"海日",其实就是江日,本来船行镇江北固山下,离大海尚远,只因如前所写"潮平两岸阔"的缘故,江面显得特别开阔,简直浩瀚如海,所以夸张地说成"海日"了。"残夜",将尽未尽之夜。"生残夜",即"生于残夜"。全句意为:在夜将尽未尽之时,一轮红日,已急不可耐地从东方浩瀚如海的江面喷薄升起。由此可见日出之早。对句则从江岸写。"江春",指江岸春景,如草木葱茏之类。"旧年",指头年。"入旧年"亦"入于旧年"之意。这本来是指头年立春,即旧年未尽,新春已到,是写实情,但一经与"生残夜"对举,竟产生了特殊的效果:仿佛是看到一轮红日急不可耐地从浩瀚如海的江面升起,新一年的春天也争先恐后地提前闯进了旧的一年。由此又可见春来之速。

总之,这一联如清佚名所辑《唐诗从绳》所评:"五六以'残夜'反拖'早'字,以'旧年'反拖'新'字,名正言反挑法,亦奇秀不可言。"更兼出句以日出奇观领起,对句以春来江上呼应,两句间以"日生残夜"与"春入旧年"对举,从而传尽了南国江上瞬息变化与春气回转的微妙特征,把"夜"与"日"、"旧"与"春"之间相互依存、相互转化的自然景象十分准确生动地表现出来。尤其两句中一个"生"字,一个"入"字,使"日"与"春"得以人格化、主体化,强调了海日生于残夜,必将驱尽黑暗，江春入于旧年，终要赶走严冬，从而也就在不经意之间，揭示出一条光明必将战胜黑暗、新生终究替代陈旧的深刻哲理，能给人以积极乐观的极好启示和奋发向前的鼓舞力量。难怪明人胡应麟在《诗薮·内编》卷四中深有感触地说：

> 盛唐句，如"海日生残夜，江春入旧年"；中唐句，如"风兼残雪起，河带断冰流"；晚唐句，如"鸡声茅店月，人迹板桥霜"。皆形容景物，妙绝千古；而盛、中、晚，界限斩然。

是的，"海日生残夜，江春入旧年"，的确很好地体现了昂扬进取的盛唐气象。也难怪如唐人殷璠《河岳英灵集》所载：

> （湾）游吴中，作《江南意》（亦即《次北固山下》），诗云："海日生残夜，江春入旧年。"诗人已来少有此句。张燕公手题政事堂，每示能文，令为楷式。

不消说当时身居相位又兼文坛盟主的张说，肯定是敏锐地悟出了这联诗不寻常的时代意义和珍贵价值，才亲手把它写在办公厅堂里，作为楷模，让大家去观摩、体会和学习。

归根结底，这首诗的中二联尤其颈联写得太出色了，所以成了名句，千百年来传诵不衰。那么，诗人王湾为什么能写出这样"诗人已来少有"的名句呢？在我们看来，除了诗人所处盛唐时代精神的影响和他本人金榜题名的特殊身份以及高超的艺术才能起了作用之外，则恐怕还少不得如清人顾安《唐律消夏录》所评：

> 第三、四句潮平岸失（亦作阔），风正帆悬，寻常之景。第五、六句因海天空阔，见日出恁早，故曰生残夜；江树青葱，觉春来亦恁早，故曰入旧年。句法虽佳，意亦浅近，妙在北人初到江南，处处从生眼看出新意，所以中间两联，便成奇景妙语。

的确，如果没有作者是"北人初到江南，处处从生眼看出新意"这一条，无论如何也很难写出如此这般"诗人已来少有"的"奇景妙语"的。

尾联"乡书何处达？归雁洛阳边"，为第三层，是抒发乡思，以扣行旅之意。出句"乡书"，寄回家乡的书信。"何处达"，可有两种解释，皆通。一是"处（chǔ）"，作动词用，意为处理、办理。这样，"何处达"即怎么办理（通过什么办法）送达之意。再是"处（chù）"，作名词用，意为处所、地方。则"何处达"即"达何处"（送达什么地方）之意。对句"归雁"，此指北飞的大雁。大雁是候鸟，逢春北飞属自然现象，本不存在"归"的问题，只因诗人家在北方，于是移情于雁，把大雁北飞也看成"归"了。"洛阳边"，洛阳那里。现在把两句连起来，如按前述"何处达"的第一种解释体会，则意为：我的家信采用什么办法送达故乡洛阳呢？那就拜托正要北归的大雁趁便捎走吧。如按前述"何处达"的第二种解释体会，则意为：我的家信准备送达什么地方去呢？当然是要拜托正在北归的大雁趁便捎到故乡洛阳了。前者强调的是家信要托大雁捎走，后者强调的是要托大雁把家信捎到故乡洛阳去。二者强调的重点不同，但都暗用了"大雁传书"的典故，表达了诗人的乡思。有必要指出，出行者会有乡思本属人之常情，也是行旅诗的题中应有之义，出行而忘乡倒是不可思议的。但"乡思"并不一定等于"乡愁"，王湾诗的这两句就是写了乡思但却思而无愁。这也不难理解，正如前面已经分析过的，王湾这首诗写在他刚刚科考高中之后离乡出游的途中，眼前又是初到南国所见一派"青山""绿水""日""生""春""入"的欣欣向荣的美景，还有"青山外""客路"上可能更惬意的见闻使他充满幸福的憧憬和展望，不难想见，他早已陶醉在这一切之中，只顾欣赏、赞美、兴奋、向往还来不及呢，更何乡愁之有？有因囿于写行必愁的传统的套路，如清佚名所辑《唐诗从绳》竟不顾诗人的具体情况而将这尾联硬释为："'何处达？'言无处达也。洛阳正在归雁边，乡书即从何处达？深见思乡之情，顺看即不然。此唐人句调，粗心人未易识也。"意即表达的仍不外羁旅无奈的乡愁。这乍看振振有词，细究却终不免有强作解人、曲为之说之嫌。事实上，我们从这轻爽的一问一答的尾联两句所写也只能解读出，作为离乡远游的人，他无非因为看到头顶开始北飞的大雁而乡思一闪，遂借机表达一下自己准备往家捎个信儿、报个平安的心愿而已，丝毫看不到他在吐露什么异乡羁旅之愁。而这又恰与贯穿于诗中的乐观昂扬的感情基调是完全协调一致的。

关于此诗的意义和价值，当代学者傅璇琮先生在他的《王湾考》一文中，专从文学史的角度别具慧眼地给出了公允而恳切的评价。今谨引录有关段落如下，愿借作本文的结语：

先天或开元初，不但初唐四杰和陈子昂早已死去，在武后和中宗时受到宠信的宫廷诗人，如沈佺期、宋之问、苏味道、李峤等，也都相继或贬或卒，离开诗坛。而一些盛唐诗人，不但李、杜、高、岑都还在童年，较早的如王之涣、崔颢、孟浩然等也都还没有写出有代表性的诗作。正是在这样一种新旧诗风交替而暂时形成空隙之际，王湾唱出了"潮平两岸阔，风正一帆悬；海日生残夜，江春入旧年"那样风格壮美而又富于展望的诗句，一扫武、韦时期绮丽不振的诗风，这就不能不使人们一新耳目，预示着盛唐诗歌健康发展的康庄大道。这正是这一诗篇受到当时人们的重视以及它在盛唐诗歌发展史上具有重要地位的原因所在。

使至塞上

王 维

单车欲问边，属国过居延。
征蓬出汉塞，归雁入胡天。
大漠孤烟直，长河落日圆。
萧关逢候骑，都护在燕然。

这是王维边塞诗中很有代表性的一首，写于他三十七岁那年（737）秋天。开元二十四年（736），吐蕃（我国古代藏族政权名称。公元7至9世纪正值汉族政权唐代，吐蕃赞普松赞干布、弃隶缩赞曾先后与唐文成公主、金城公主联姻，但双方仍长期处于时和时战状态）发兵攻占唐属小国小勃律（在今克什米尔北部吉尔吉特。唐开元初，小勃律王入朝，唐以其地为绥远军）。第二年（737）春天，河西节度使崔希逸奉命在青海西郎佐素文子觜大战吐蕃，获胜。秋天，王维奉命以监察御史的身份出使宣慰。唐沿隋制，以御史监军事，其职责为将帅战伐获胜时"数其俘馘，审其功赏，辨其真伪"（《唐六典》卷十二"御史台"），后逐渐参与军务。王维这次出使当是据其成例。而与今天比照，他大约相当于中央慰问团团长的资格。这首诗，就主要记述了他出使途中的见闻。

"单车欲问边，属国过居延"，诗的首联交代这次出使边塞的使团的规模、任务和目的地。出句"单车欲问边"先写使团的规模和任务。"单车",本意使者之车,语出汉代李陵《答苏武书》:"足下昔以单车之使,适万乘之虏。"这里除用本意外,还兼有强调轻车简从,使团规模不大的作用。"问边",说明出使的任务是慰问刚刚获胜的边地将士。而"欲"字,意为将要、准备,表示眼下正在出使途中,任务尚待完成。对句"属国过居延",接写出使的目的地。"属国",汉时对已归附的少数民族,不改其国号,而称其地区为属国。《汉书·卫青传》云:"不改其本国之俗而属于汉,故号属国。"又《后汉书·郡国志》云:"凉州有张掖、居延属国。""居延",本匈奴地名,指居延泽附近一带,汉末置县,其范围包括今甘肃省张掖市西北至内蒙古自治区额济纳旗以南地区。唐时居延属甘州,州治在今甘肃省张掖市。句中"过"字,非为经过,实与上句"问"字同是过访、访问、慰问之意。"属国过居延",当为"过居延属国"的倒文,句意应为:这次出使慰问的目的地,是要一直到甘州的居延属国那里去。一说"属国"是典属国的省称,为秦汉官名,唐时常以属国代指使臣,此处即王维自指,表奉使问边之意,亦通。然二说相较,似以前者为优。

"征蓬出汉塞,归雁入胡天",诗的颔联描述路途的艰辛、行程的遥远和出使的时令。出句"征蓬出汉塞"先写路途的艰辛和行程的遥远。"征蓬",即飞蓬。"蓬",即蓬草,蓬草成熟后,被风吹起,远飞不止,故称"飞蓬"。而"征"字,本意为有一定目的的长途跋涉。诗人在这里即有意称"征蓬",以比喻自己重任在肩,万里跋涉,路途艰辛,行走不息。"出汉塞",说明行程遥远,是要到塞外地区去。因为居延的地理位置已远在塞外,所以这样说。对句"归雁入胡天"则点明出使的时令。"归雁",指南飞的大雁。雁为候鸟,大雁南飞,自然说明已经到了气候转冷的秋天。而大雁南飞，系为时令驱使，本无所谓归与不归，这里偏偏曰"归"，好像大雁也是以南方为自己的故乡的，通过这样的"移情"作用，适巧流露出正在赶往西北边地的诗人对故乡的眷恋深情。"入胡天"，应为"入自胡天"的省文，意为自胡天入。这里诗人有意将人"出"与雁"入"形成鲜明的对照，更烘托了他出使塞外，远离家乡那种特有的孤独落寞的羁旅思乡之情。

"大漠孤烟直，长河落日圆"，诗的颈联写诗人放眼远望时所见到的边地风光。统观全联，这风光应是行至今宁夏、内蒙古、甘肃三地交界处的长城内外，亦即诗题所谓"使至塞上"时所见到的。出句"大漠孤烟直"写荒漠奇烟。"大漠"，即今之腾格里大沙漠。"孤烟"的"烟"当指烽烟，为古时报警或报平安的信号，昼燃烟称烽，夜举火称燧。唐制，边塞地区每隔大约三十里处设一烽火报警点，即烽火台，每天傍晚放烟一炬，称"平安火"；遇警则依紧急程度逐级加炬，最多四炬。这里说"孤烟"，自当为平安火。盛唐大诗人杜甫《夕烽》诗"夕烽来不近，每日报平安"，中唐诗人鲍溶《赠李黯将军》"细柳连营石堑牢，平安狼火赤星高"，唐姚合《穷边词二首》之二"沿边千里浑无事，唯见平安火入城"，皆指此而言。但按照一般所见，烟升时应呈飘袅之状，这里却偏说"孤烟直"，是何原因呢？据唐人段成式《酉阳杂俎》前集卷十六载："狼粪烟直上，烽火用之。"北宋人钱易《南部新书》载："凡边疆放火号，常用狼粪烧之以为烟，烟气直上，虽列风吹之不斜。烽火常用此，故为候曰'狼烟'也。"南宋人陆佃《埤雅》亦载："古之烽火用狼粪，取其烟直而聚，虽风吹之不斜。"可见烽烟是直上的。北周庾信《伤王司徒褒诗》有句云："闲烽直起烟。"亦其证。由此知这里说"孤烟直"十分贴切。清人赵殿臣《王右丞集笺注》则谓:"边外多回风,其风迅疾,袅烟沙而直上,亲见其景者,始知'直'字之佳。"嗣后学者从其说者不乏其人。如此,则"孤烟直"当指"回风"即今所谓龙卷风之类。但揆之诗境,似欠谐调,多有扞格,故不足取。对句"长河落日圆"则写落日伟观。"长河",即黄河,古时黄河本称"大河",盖因出句"大漠"已占用"大"字,为避重而改用"长"字;且借"长"字以状万里黄河,流贯大地,前看悠悠,后看渺渺的形象,也更为生动传神,更显气势磅礴。"落日圆",则凸显了茫茫大漠夕阳西下时的壮观景象。

  毫无疑问,这一联如果说确是受了南朝梁代诗人何逊《学古诗三首》其一"阵云横塞起,赤日下城圆"的启示而写出来的,那也是青出于蓝而胜于蓝,成了全诗的警策所在,真所谓"不琢而佳"(明人陆时雍《唐诗镜》),"骨力罕敌"(明人唐汝询《唐诗解》),所以为历代读者所激赏。清代文学大师曹雪芹在《红楼梦》第四十八回曾借香菱之口赞此联诗云:"'大漠孤烟直,长河落日圆。'想来烟如何直?日自然是圆的。这'直'字似无理,'圆'字似太俗。合上书一想,倒像是见了这景的。要说再找两个字换这两个,竟再找不出两个字来。"当然,曹氏在这里只是做了一个感悟式的评点,到底为什么写得这样好,并没有说出所以然。在我们看来,这联诗之所以写得如此成功,首先是因为诗人巧妙地运用了绘画中的线条、构图和设色的技法,大笔勾勒式地描绘出西北边地特有的十分壮观的景象,收到了"诗中有画"的艺术效果:联中两句先出以"大漠",敷设了整幅画面的底色和背景,然后在这广袤无垠的背景之上,有"孤烟直",是运用了直线,写烟的升腾如柱,使之得以具象化地展现;有"长河",是运用了曲线,写黄河的迂曲纵贯,将整幅画面分割成不均等的两个部分,在构图上增加了活泼感;

有"落日圆",是运用了弧线,着意突出落日的"圆",把茫茫荒漠,尤显一轮落日的特有景象十分准确而又干净利落地描绘出来,并且由此透露落日的余晖染红了大地,把被分割的画面涂上统一的色调,从而又显示出浑然一体的气势。结果,展现于读者面前的是一幅极其雄伟、阔大、壮美的瀚海落日,长河孤烟的"塞上"图景。诗人又有《辋川闲居赠裴秀才迪》一诗,其中"渡头余落日,墟里上孤烟"也是名句,所写主景同样是"孤烟""落日",但却意境迥异。其中一个"余"字,写渡口残阳斜照的景象,一个"上"字,写村落炊烟袅袅升起的情状,所展现的则是恬静、清新、幽丽的田园风光,渡头落日,墟里孤烟。两联诗在取景、命意和表现上可谓同具画家的匠心,各自都达到了"诗中有画"的极致,很值得读者细加比较和品赏。此外,这联诗之所以写得如此成功,又因为如文学大师朱自清在《大师谈诗词修养》一文中所指出的那样:"'大漠孤烟直,长河落日圆'十字是一幅好画,但比画表现得多,因为这两句诗中的'直''圆'是动的过程,画是无法表现的。"就是说,这联诗所写的景是充满动感的,它比一般的画能给予读者以更鲜活、更清警、更诱人的生趣。

"萧关逢候骑,都护在燕然",诗的尾联补叙途中逢候骑的情形。此联也很可能是借鉴了初唐著名诗人虞世南《拟饮马长城窟》起联"前逢锦车使,都护在楼兰"而写成的,但被置于篇末,作为诗的结穴,却更显警豁而妥帖。出句"萧关逢候骑"的"萧关",唐时属原州,故址在今宁夏回族自治区固原市东南,为古代关中通向塞外的交通要冲。"候骑",担任侦察、通信任务的骑兵。如诗题所示,诗人既然已经"使至塞上",且如诗的前面所写,诗人也明明领略过了"大漠孤烟""长河落日"的塞上风光,那么按照出使路线,早该出了远在东边的"萧关"

了,为什么现在才"萧关逢候骑"呢?原来,这是一种倒叙手法,是反转来记述诗人出使初程所遇之事。遇到了什么事呢?即对句所写"都护在燕然"。"都护",本为汉代官名,汉宣帝时始设西域都护。唐时复置安东、安南、安西、安北、单于、北庭六大都护府,以护卫诸藩;都护是边地最高统帅,这里借指河西节度使崔希逸。"燕然",即燕然山,亦即今之杭爱山,在今蒙古国境内。据《后汉书·窦宪传》载,汉将窦宪打败匈奴,追至燕然山,勒石记功而还。这里用此历史故事代指最前线。同时,又是用当朝典实。据《旧唐书》载,唐太宗任用的第一任燕然都护,是执法刚正、恩信素著的李素立。他在边地甚得民心,"夷人感其惠,率马牛以馈素立。素立唯受酒一杯,余皆还之。为建立廨舍,开置屯田"。可见李素立是善处民族关系的边帅。而崔希逸不仅战功赫赫,也是一位讲求信用,珍惜民族团结的大将。所以将李比崔,也非常得体。总之,这尾联借候骑之口,特别提醒统帅仍在最前线,既呼应首联,交代了诗人何以竟要超越当时河西节度府治所凉州武威,还将继续西行,直达甘州居延之地(即"过居延")的原因,又概括地揭示出守边将士紧张、繁累的生活状况,歌颂了他们以身许国,常备不懈的爱国精神。

前面已经指出,这首诗写于诗人三十七岁那年(737)秋天。而就在这之前不久,政治主张与他比较接近且深为器重并大力提拔过他的张九龄受排罢相,贬为荆州长史。诗人自然不仅为此而深有感慨,而且由此大为沮丧。他在《寄荆州张丞相》诗中曾表示:"所思竟何在?怅望深荆门。举世无相识,终身思旧恩。"再加上他这次出使,虽然仍以朝廷御史身份,实际则是一种变相外放。这一切都使他感到政治上十分失意,因而诗中流露出一种孤独、悲凉之情是完全可以理解的。但通观全诗,其基调并不是悲而伤,而是悲且壮,展现给读者的,仍是那种雍容自信、大气磅礴的派头。究其原因则是他毕竟受过盛唐精神的长期熏陶。须知张九龄罢相,固然标志着唐代开明政治的结束,却不等于这之前已经形成的那种开放、大度、乐观、自信的盛唐精神就一定随之马上隳颓和消失。而诗人王维,仍然以盛唐诗人的胸襟和气魄,把所见的边塞景象与边庭战事融会到"千古壮观"(王国维《人间词话》)的意境之中,写出了这首彪炳千秋的边塞名篇。

九月九日忆山东兄弟

王　维

独在异乡为异客，每逢佳节倍思亲。
遥知兄弟登高处，遍插茱萸少一人。

　　诗题中的"九月九日"指农历九月初九，是我国的一个传统节日。古人认为"九"是吉利数字，把它作为阳数之极。而九月初九占两个"九"，是双阳相重，更象征大吉大利，称"重九"或"重阳"，故这个节日称"重九节"或"重阳节"。它的起源可追溯到西汉初年，汉高祖刘邦的爱妃戚夫人遭吕后迫害惨死后，戚夫人的宫女贾某被逐出宫，嫁与贫民为妻。贾某传出：在皇宫中，每年九月初九日，都要佩茱萸（植物名，有香气），食蓬饵，饮菊花酒，以求长寿。梁吴均《续齐谐记》则载："汝南桓景，随费长房游学累年，长房谓之曰：'九月九日汝家当有灾厄，急宜去，令家人各做绛囊，盛茱萸以系臂；登高饮菊酒，此祸可消。'景如言，举家登山。夕还家，见鸡、狗、牛、羊，一时暴死。长房闻之，曰：'代之矣。'今世人每至九日，登山饮菊酒，妇人带茱萸囊是也。"随后，这个故事逐渐传开，每逢农历九月初九，插茱萸、登高、饮菊花酒，便成了历代相沿的风俗。只是至隋唐以降，茱萸已不再装在袋子里、系在胳臂上，而改为连枝带叶插在头上；重阳登高，也只以节日特有的活动形式出现，避灾之意少，游乐之意多了。于是，这个节日，也可称"茱萸节""菊花节"或"登高节"。到这一天，有山登山，无山登塔，或登亭台楼阁、登城墙等，总之找一个比较高的处所去登览一番，意思也就到了。而且所谓登高，还强化了以求高寿之意，故重阳节又称"老人节"或"敬老节"。

诗题中的"山东"，指华山以东，因为作者故乡为蒲州（今山西省永济市），在华山以东，故如此称。而"兄弟"，实应包括王维所有的弟弟和妹妹，因为在古代所谓"兄弟"，是男女通用的。《孟子·万章上》："弥子之妻与子路之妻，兄弟也。"即以姊妹称兄弟，就是证明。这与如今习惯上说"姊妹几个"也兼包兄弟是一样的道理。

诗的前两句"独在异乡为异客，每逢佳节倍思亲"，是从正面写，表达诗人客居他乡的处境和逢节日思亲的心情。"独"，说明自己是单身独处。"在异乡"，说明远离家乡故土。"为异客"，说明人地两生。"逢佳节"，说明还正赶上本该与家人团聚、一起登高的重阳佳节。经过以上几层申说和强调，方才情饱意足、水到渠成地引出了"倍思亲"的全诗主旨。"思亲"的"思"，即诗题中的"忆"，意为想念。"亲"，本义专指父母双亲。《说文》："亲，至也。"段玉裁在《说文解字注》中注文曰："父母者，情之最至者也，故谓之亲。"此处则指家中的弟、妹们。而"倍"字，既暗示平日思亲已然存在，更强调节日思亲尤为殷切。"每"字，则挑明遇到这种情况已经不止一次了。据史料记载，王维十五岁即离家出游，而写此诗据他自注是在十七岁时。可见这首诗句所写确是出于他实际生活的体验。这种生活体验，本属一般久离家乡的人都会有但尚未经谁很好地表达过的，而今，恰由王维的诗句朴实无华却又高度概括地表达出来。于是，此句一出，就成了格言式的警句了。

诗的后两句"遥知兄弟登高处,遍插茱萸少一人",是从对面写,而通过对往年在家过重阳节的回忆,想象今年家中过此节日将会出现的情景,从而找足题旨"倍思亲"的内涵。"遥知",即表明下面会发生的事是诗人远在异乡的猜想,并非亲见。"遥知"其实就是"遥猜",这里偏说"遥知",显得语气十分肯定,为的是强调虽属猜想,却有把握定在意料之中,从而证明诗人对弟、妹们的了解之深、体贴之切。"处"在这里不是表示空间词而是时间词,意为"时候"。"遍插"的"遍",则暗含全体集合,清点人数之意。两句意思是说:今天,家中弟、妹们又要携手登高了,而就在他们清点人数、挨个儿头插茱萸的时候,肯定会发现少了一人——大哥我王维了!当然他们不禁要记起往年今日我同他们一起登高的欢乐情景,而为我今天的缺席深深感到遗憾!这是"透过一层"的神来之笔。原本是要表达自己对弟、妹们的深切思念,却不正面直说,偏是借助于家中弟、妹们节日登高定会怀念自己的揣想,迂回曲折地透露出来。正是在这迂回曲折之中,使得前面"倍思亲"的语言表述化作了具体可感的遥念亲人、憨态可掬的生动形象。这种写法,对后来诗人们的创作有很大的影响和启发。如杜甫的《九日蓝田崔氏庄》诗句"明年此会知谁健,醉把茱萸仔细看",就是翻用王维诗意写出来的。而白居易的《至夜思亲》诗句"想得家中夜深坐,还应说着远行人",则更与王维诗属同一机杼。

少年行（其一）

王 维

出身仕汉羽林郎，初随骠骑战渔阳。
孰知不向边庭苦，纵死犹闻侠骨香。

《少年行》系乐府旧题，属《杂曲歌辞》，又名《结客少年场行》。《乐府解题》："《结客少年场行》，言轻生重义，慷慨以立功名也。"王维的《少年行》是一组绝句，共四首，是他年轻时候的作品。此处选的是原第二首，诗中歌颂了一位少年游侠立志从军边疆，为国御敌，不畏艰苦，勇于牺牲的英雄气概和献身精神，也表现了诗人早年积极进取、建功立业的理想和志愿。

诗的前两句"出身仕汉羽林郎，初随骠骑战渔阳"，写这位少年的出身和经历。首句写他的出身。"仕汉"，字面是说任汉朝的官职，实则为借汉代唐。"羽林郎"，汉代皇帝禁卫军的长官，其人选多来自"汉阳、陇西、安定、北地、上郡、西河等六郡良家（世家大族）"（《后汉书·百官志二》），唐时仍置有左右羽林军。次句写他的经历。"骠骑"，汉代将军名号。《史记·卫将军骠骑列传》："元狩二年（前121）春，以冠军侯去病为骠骑将军。"张守节正义："《汉书》云：霍去病征匈奴,有绝幕(漠)之勋,始置骠骑将军,位在三司,品秩同大将军。"按《汉书·霍去病传》作"票骑"。"渔阳",汉代郡名,治所在今北京密云西南,唐时为蓟州,治所在今天津蓟县。总之,这开首两句,强调了这位少年出身良家,初入仕途就担任了羽林军的要职,而且还跟随名将出征过,也就是说,他不仅有不凡的出身,而且有骄人的经历。

诗的后两句"孰知不向边庭苦,纵死犹闻侠骨香",写这位少年的志愿和追求,是抒怀。三句"孰知",即熟知、深知。一说"孰知"即"谁知",成疑问口气,即"有谁知",亦通。"向",临,到。"边庭",边塞,犹今之所谓边防前线。此句突出强调他为缺少到边地服役的机会而深深地感到痛苦。四句"纵",即使。句意为:到边地服役当然会有危险,甚至可能还要付出生命的代价,但为国捐躯,虽死犹荣,即使只留一堆白骨,也会带着侠气,发出香味,留芳千秋百代。将以上两句合起来意思是:他既怀生遂报国志,更羡死留侠骨香!

这首诗语言质朴刚健,感情豪迈奔放。特别是后两句以"边庭苦"与"侠骨香"对举所彰显出来的精忠报国的雄心侠气,尤其生动感人。

送元二使安西

王　维

渭城朝雨浥轻尘，客舍青青柳色新。
劝君更尽一杯酒，西出阳关无故人。

这是一首脍炙人口的送别诗。诗题中的"元二"，名不详，"二"系其排行。唐人喜爱以排行相称，以示亲密和尊重。由此称呼，知其当为作者好友。杜甫有《送元二适江左》诗，自注云："元尝应孙、吴（兵家孙武、吴起）科举。"或即此人，也未可知。"安西"，唐时所设安西都护府的简称，治所在龟兹镇（今新疆维吾尔自治区的库车附近）。诗题一作《渭城曲》，因曾谱入乐府，送别时反复演唱，故又称《阳关三叠》或《阳关曲》。从诗题中的"使"字可知，元二并非初次离家，而已经宦游长安，现在是奉使要到更远的安西去；王维也正供职朝廷，元二是从长安出发，王维则一直送其到渭城为其饯行。可见，这是一次典型的"客中送客"。

"渭城朝雨浥轻尘，客舍青青柳色新。"这首诗的首联借写景烘托饯行时的特定环境和气氛。"渭城朝雨浥轻尘"，首句写大环境。"渭城"，是送行的地理区位。渭城即秦代咸阳故城，汉高祖时改名新城，武帝时以其南临渭水，再改此名。

故址在今陕西省咸阳市东。由汉及唐，这里一直是通往西域的交通要道。按照唐人惯例，有至亲好友出行，一般要陪送一天的路程，先在所到之处小住一宿，第二天才正式握别。李商隐诗有"送到咸阳见夕阳"之句，可见从长安到咸阳大约就需要一天的工夫。于是，位于长安西北不远的渭城就经常成为当时人们自长安西行时选定的送别之地。现在，元二要出使安西了，诗人正是在头一天陪他一块来到这里，准备为他饯行的。"朝"，点明饯行的时间是第二天的早晨。"雨浥轻尘"，则交代饯行时的天气。"浥"，《说文》云："湿也。"此指沾湿。"轻尘"，微尘，指地面浮土。"雨浥轻尘"是说刚下过一霎润物细无声的微雨，仅只把地面上的浮土给润湿了，好像老天也善解人意，殷勤地为将要远行的人预先做好了除尘清道的工作。

"客舍青青柳色新"，这句写小环境。"客舍"，即"传舍"，古时称供来往行人暂住的地方。《汉书·郦食其传》中"沛公至高阳传舍"句颜师古注："传舍者，人所止息，前人已去，后人复来，转相传也。"客舍，即今之所谓旅店、招待所。这是饯行的具体处所，点明是客中送客，暂留即别，因而机会也就显得十分宝贵。"青青"，自然可以理解为形容"客舍"的，指"客舍青青"；但"客舍"之所以"青青"，毕竟是由"柳色新"映带而成的。说到底，"青青"与"柳色"的关系更为密切，它同"新"一起修饰"柳色"，本应为：春天来了，杨柳吐绿，一派"青青"；再经一霎晨雨的洗礼，更显格外清"新"，于是，这才把"客舍"映带得"青青"起来。因而，更有理由将"青青"与"柳色新"连读，整个充当"客舍"的谓语。这样，连同上句合起来是说：在这即将送别行人的渭城，黎明时一霎春雨过后，真个是天朗气清，到处都像被洗涤过一般；旅店内外，杨柳扶疏，也因经过雨水的滋润而更显青翠欲滴了。

句中特别点出"柳色"作为"客舍"的陪衬物,自然有烘托送别气氛的用意。古人有折柳送别的风俗。据《三辅黄图》记载,远在汉代人们自京城长安送客东行到灞桥时,就都要折下柳枝送给行人。又据唐人杜环《经行记》载,盛唐时期,驿路上往往遍栽杨柳,从京城长安、渭城直到玉门等地都栽有杨柳。这大概是一则借"柳"与"留"的谐音,再则借柳枝依依袅袅的形象,正适合表达意欲挽留、依依惜别的情意的缘故。长此以往,也就正如中唐著名诗人刘禹锡《杂曲歌辞·其八·杨柳枝》其八所说"长安陌上无穷树,唯有垂杨(即柳)管别离"了。

总之,这首联两句,从清爽寥廓的天空写到轻尘不起的地面,从一派青青的客舍写到扶疏翠碧的杨柳,构成了一幅清新明丽的画面,为这次送别敷设了典型的自然环境。当然,这里写"客舍"、写"柳色",无疑都关合着惜别,但基调并不低沉感伤,相反透出一种爽朗明快而富于生气和希望的感情色彩;再配以"轻尘""青青""新"等词语所体现的声韵美,更增强了这种艺术表达的效果。

"劝君更尽一杯酒,西出阳关无故人。"这首诗的后联则借殷勤劝酒表达知己朋友间的无限深情。据说,古人演唱《阳关三叠》,当伴奏的笛子吹出最后一叠高音时,甚至把笛子都给吹裂了,可见所表达感情的强烈。"君",当然指元二。"更尽",再尽。"阳关",古关名,故址今在甘肃省敦煌市西南,因位于玉门关之南,故名,汉唐时代与玉门关同为对西域交通要塞。"故人",老朋友。值得注意的是,这一联两句与上一联两句所写内容之间的跨度极大,是从饯宴前的环境描写一下子就跳到了饯宴的尾声。至于席间如何换盏推杯、觥筹交错、殷勤叮咛、缠绵话别,所有情事一概不提,只是剪取饯宴即将结束时主人的最后一次劝酒辞加以强调:请您再干一杯吧,要知道你这次西行，出了阳关，就再也见不到像"我"这样的老朋友了。高明的摄影师通常能以超越常人的敏感捕捉住人物活动中最富于含蕴的一刹那，迅速将其摄入镜头，使之成为最传神、最精彩的画面。作为诗人兼画家的王维在这里所选取的正是这样一个镜头：饯宴眼看就要结束，行人即将登程，主客双方的离情已经达到高潮，真是临别依依，千言万语竟不知从何说起。这种场合难免会出现相对无言的沉默，而打破这种沉默的最好选择和最佳方式自然莫过于劝酒。于是，主人似乎脱口而出的这最后一次劝酒辞，就适逢其会地被高明的诗人锁定并写进诗中。不难理解，"更尽"，说明酒已喝过不少，但还要"劝君更尽"，可见主人真的把临别之际难以尽表的万千离情全部凝聚到这"一杯酒"中了。是的，这的确已经不是一般意义的一杯酒，除了如当代学者张燕瑾在其关于此诗的鉴赏文章中所分析过的，"这是'酒逢知己千杯少'（元人杨讷所编杂剧《西游记》中语）的连心酒，这是'为此春酒，以介眉寿'（《诗经·七月》）的祝福酒，这又是'何以解忧，唯有杜康'（曹操《短歌行》）的浇愁酒"之外，怕应当说，这更是"暂凭杯酒长精神"（刘禹锡《酬乐天扬州初逢席上见赠》）的壮行酒！总之，"劝君更尽一杯酒"的这杯酒，既然承载着如此厚重的友情的分量，那么，就不仅要喝，而且还要一饮而尽；喝了它，即使"阳关在中国外，安西更在阳关外"（清人沈德潜《唐诗别裁》），再远也可以满载着"故人"温暖的殷殷友情，信心倍增，慷慨登程，去完成出使的重任了。

顺便说明，关于此联，宋人周弼辑、元人释圆至注《笺注唐贤绝句三体诗法》曾指出是"从休文（沈约）'莫言一杯酒，明日难重持'变来"。诚然，无法否认这联诗是借鉴沈约的《别范安成》诗句的意思而写成的，但同时还应看到，它更是诗人从自己亲身生活的体验中提炼出来的，是由他与老友二人之间的深情厚谊升华而成的。也就是说，它更应属于一种创造，带有诗人自己的"个性"。正因为如此，它才能显得那样亲切、自然，特别感人。

总之，这是一首很有特色的送别诗。

首先，从思想内容上说，古代的送别诗多写惜别感伤之情，入唐后开始出现一些能给行者以安慰激励之作，而王维的这首诗则通过送别情景的描写，集中地抒发了知友之间的真挚笃厚的情谊——它不啻是一支高尚的友情的颂歌。诗篇贯穿始终的是虽惜别却不伤别的感情基调，于脉脉离情中蕴含刚毅决绝之气，这也相当典型地体现了盛唐人开朗乐观的精神风貌。

其次，从表现方法上说，这首诗先写景，后抒情，以景衬情，情景交融，而显得含婉流畅，语浅意深。明人李东阳《麓堂诗话》赞这首诗说："作诗不可以意循辞，而须以辞达意。辞能达意，可歌可咏，则可以传。王摩诘'阳关无故人'之句，盛唐以前所未道。此辞一出，一时传诵不足，至为三叠歌之，后之咏别者，千言万语，殆不能出其意之外。必如是，方可谓之达耳。"清人赵翼《瓯北诗话》卷十也评赞说："人人意中所有，却未有人道过，一经说出，便人人如其意之所欲出，而易于流播，遂足传当时而名后世。如李太白'今人不见古时月，今月曾经照古人'，王摩诘'劝君更尽一杯酒，西出阳关无故人'，至今脍炙人口，皆是先得人心之所同然也。"的确，王维这首诗能"得人心之所同"，圆满地做到了"以辞达意"，创造出"人人意中所有，却未有人道过"，乃至"后之咏别者，千言万语，殆不能出其意之外"的高超境界，因而获得了永恒的艺术生命。

最后，从格律运用上说，这首诗作为一首七言律绝，是明显地"失黏"了。但这种"失黏"，绝非诗人无意间的一时疏忽，而是诗人匠心中的特别处置，完全为着摆正诗的形式与内容之间的关系，以更好地适应表达思想感情的需要，体现了他作为诗国巨擘的那种遵律而不泥律的应有的襟怀和气度。清人黄生参破了这一点，他在《唐诗摘钞》中曾精辟地指出："先点别景，次写别情，唐人绝句多如此。毕竟以此首为第一，惟其气度从容，风味隽永，诸作无出其右故也。失黏须将一、二（句）倒过，然毕竟移动不得，由作者一时天机凑泊，宁可失黏而语势不可倒转。此古人神境，未易到也。"所谓"气度从容"，所谓"天机凑泊"，都说明这首诗之所以任其"失黏"而不顾，完全是出于表达思想感情的考虑所采取的一种特别处置。

正因为这首诗取得如此之高的成就，乃使后世竟把它当作了歌咏离席别宴或挚友相逢时的经典和绝唱，"一时传诵不足，至为三叠歌之"，自唐以降，历久不衰。中唐大诗人白居易《对酒五首》其四诗有云："相逢且莫推辞醉，听唱《阳关》第四声。"刘禹锡《与歌者何戡》诗有云："旧人唯有何戡在，更与殷勤唱《渭城》。"晚唐大诗人李商隐《饮席戏赠同舍》诗有云："唱尽《阳关》无限叠，半杯松叶冻颇黎。"北宋大词人柳永《少年游》词有云："一曲《阳关》，断肠声尽，独自凭兰桡。"南宋大诗人陆游《塞上曲四首》其四诗有云："玉关去路心如铁，把酒何妨听《渭城》。"清代诗人姚鼐《送演纶归里》诗有云："金尊斟绿醑，为唱古《阳关》。"由此可见这首诗为历代读者所普遍喜爱、重视和传布的盛况。

至于由此诗敷衍而成的《阳关三叠》，至宋时传唱中已出现变异，很难见到它的原始面貌了。宋代大诗人苏轼《仇池笔记》"阳关三叠"条曾经做过辨证：

> 旧传《阳关三叠》，今歌者每句再叠而已。若通一首，又是四叠，皆非是。每句三唱，已应三叠，则丛然无复节奏。

有文勋者，得古本《阳关》，每句皆再唱，而第一句不叠。乃知唐本三叠如此。乐天诗云："相逢且莫推辞醉，听唱《阳关》第四声。"注："第四声：劝君更尽一杯酒。"以此验之，若一句再叠，则此句为第五声；今为第四，则一句不叠审矣。

所论有理有据，当可信。

过故人庄

孟浩然

故人具鸡黍，邀我至田家。
绿树村边合，青山郭外斜。
开轩面场圃，把酒话桑麻。
待到重阳日，还来就菊花。

这首五律，是唐代为数众多的诗坛巨擘中唯一一位本不甘心隐逸却以隐逸终老的布衣诗人孟浩然的著名代表作。

孟浩然（689—740），名不详，以字行（一说名浩，字浩然）。襄州襄阳（今湖北襄阳市）人。早年隐居家乡读书，一度住在鹿门山，并曾游历大江上下，为的是先在社会上树立声望，以期有朝一日一举成名，从而实现他一再宣称的"事明主"（《仲夏归汉南园寄京邑旧游》），也就是报效国家的"鸿鹄"之"志"（《送陈七赴西军》）。因而，直到四十岁（728）时，他才满怀信心地进京应试。唐代科举经常举行的考试科目有秀才、明经、俊士、进士、明法、明字、明算等。其中以进士科目最为当时人们所重视，因为唯独考中了进士，才等于领到了做官的资格证书，离出仕就不远了。所以这就成了一个热门科目，大家都挤着要过这座独木桥，当然要考中也最难。于是有"三十老明经，五十少进士"之说。这样看来，孟浩然四十岁参加进士科目考试,仍不能算晚。按说,凭才学,他考中进士本当不成问题,惜其为人耿介,未在考前打通关节,结果名落孙山。这使他既大失所望,又很不服气。据王士源《孟浩然集序》所载,他落第后,在长安逗留期间,曾"闲游秘省(也就是太学),秋月新霁,诸英华赋诗作会。浩然句曰:'微云淡河汉,疏雨滴梧桐。'举座嗟其清绝,咸阁笔不复为继"。的确,这联诗出句是从视觉感受着笔,对句是从听觉感受落墨,状景照顾周到,且彼此间形成工整的对仗,从而将秋夜时分雨将停而尚未全停、天要晴而并非真晴的那种"秋月新霁"的特定情景贴切而又巧妙地描写出来。无怪乎诗人由此而声名大震。大概也因为这样的机缘,他结识了当朝名士王维等人。但是,这文学上的蜚声扬名,并没有给他带来政治上的飞黄腾达。《新唐书》本传记载了这样一件事:"(王)维私邀入内署,俄而玄宗至,浩然匿床下。维以实对。帝喜曰:'朕闻其人,而未见也。何惧而匿?'诏浩然出。帝问其诗,浩然再拜,自诵所为,至'不才明主弃'之句,帝曰:'卿不求仕,而朕未尝弃卿,奈何诬我?'因放还。"意在表明,孟浩然之所以终生未仕者,以此。今按,"不才明主弃"之句,出自他的《岁暮归南山》一诗,有人考证,该诗当作于孟浩然举进士不第而行将离开长安的前夕,果如此,则玄宗召见他也就不太可能了。这件事,多半是后来好事者的伪托,已越来越成为学界的共识。但不管怎样,就中毕竟包含了一定的合理性,因为它确实反映了孟浩然一生未被朝廷录用这一于史有征的基本事实。总之,孟浩然的一生,基本上是在隐居和漫游中度过的。这样,自然山水和田园风光也就成为他创作的主要题材,而他也正由此而成为盛唐山水田园诗派的奠基者和开创人。

从思想内容看,孟浩然的诗既有幽栖生活的抒写,又有山水田园的歌唱；既有洁身自好的表述，又有出仕不遂的诉苦。可以说已经完全摆脱了初唐应制、咏物诗的狭窄境界，而更多地抒发了诗人自己的情怀。从艺术表现上说，孟浩然的诗意境高远隽永，风格恬淡清旷，常在简短的篇幅里蕴含深意，从平淡的表述中现出功力。因而给盛唐诗坛带来了新鲜空气，博得时人与后人的极大崇敬和钦慕。

比较说来，孟浩然的诗，以写山水题材者居多，歌咏田园者相当有限。但就在这有限的歌咏田园的篇什中，倒产生了非常出色的作品，很能体现他诗歌总的成就和特色。这里选来的《过故人庄》，就是其中最具典型代表性的优秀篇章之一。

这首诗题中的"过"字，切不可误会为经过，而是过访、访问的意思。"故人"，意为老朋友。"庄"，指村庄。看了题目，可知全诗是写到农村访友的情形的。

诗的首联"故人具鸡黍，邀我至田家"，首先交代自己应邀做客，紧扣篇题，点明了访友的原因，上句中的"具"，意为准备、置办。"黍"，一年生草本植物，籽实呈淡黄色，去皮后叫黄米，比小米稍大，煮熟后有黏性，可以酿酒、做糕等。《管子·轻重》云："黍者，谷之美者也。"可见，古时是视之为上等粮食，犹今之所谓细粮的。这里"鸡黍"合称，正显示出是具有农家风味的上等饭菜，同时，也暗用了典故。《论语·微子》有云："（丈人）止子路宿，杀鸡为黍而食之。"后因以"鸡黍"指招待宾客的饭菜。孟浩然招待客人，也是"厨人具鸡黍，稚子摘杨梅"（《裴司士见寻》）。又据《后汉书》所载，东汉范式与张劭在太学读书，为同窗好友，后二人分别时相约，范于九月十五日到张家探望，张以鸡黍宴之。届其期，范果至，张亦果以鸡黍候之。虽相别千里，而不爽约如此，表现了二人友情之重。显然，孟诗即兼取上述二意。下句中的"至"，意为去、到。"邀我至"，今天看固然是一个兼语式，而实际却表达了"他邀我，我即至"复句的意思。"田家"，即农村，此指故人住处。由此看来，这开头两句，乍读虽觉出语平常，细味却含蕴丰厚：一方面，是交代老友置办了富于农家风味的朴素而又实惠的上等饭菜邀"我"做客，生动自然地显示了主人淳朴深挚的情谊；另一方面，还表明诗人自己有邀即至，欣然前往，毫不客气，恰到好处地体现了只有至交之间才可能有的无需任何客套的往来方式。

颔联"绿树村边合，青山郭外斜"，介绍初到故人庄时所见的宜人景色。"郭"，此指住宅区的外围。毛宗岗《读三国志法》有云："画家之法，于山与树之近者，则浓之重之；于山与树之远者，则轻之淡之。不然，林麓迢遥，峰岚层叠，岂能于尺幅之中一一而详绘之乎？作文亦犹是已。"孟浩然的这两句诗就正有近树浓抹、远山轻描之妙。"绿树村边合"是近观所见，故用浓抹之笔。句中"合"字，意为聚拢、环绕，用到这里，恰成为一个浓色调的字眼，而与句首"绿"字相应，有力地显示了林木茂盛繁密地聚拢、环绕在村庄周围的近景特色。"青山郭外斜"是远望所得，故用轻描之法。着一"斜"字，在绘画中属于斜线构图，它的好处是可使景物显得活泼洒脱，产生一种流动感，而与句首"青"字配合，贴切地描状出青山一抹，斜倚蜿蜒，缥缈而去的远景形象。总之，两句诗一"绿"一"青"，渲染了这座村庄富有生气的氛围；一"合"一"斜"，突现了这座村庄所处环境的优美。这里近有绿树环抱，本就自成一统，远有青山相伴，更显别有洞天，确是一个令人心驰神往的所在！

颈联"开轩面场圃，把酒话桑麻"，叙说与老友宴饮间的情形。上句中的"轩"，指窗户。三国魏阮籍《咏怀》之十九"开轩临四野，登高望所思"，唐杜甫《夏夜叹》"仲夏苦夜短，开轩纳微凉",其中"轩"字皆为此义。"面",意为对。全句是说,开窗入座,一抬眼正望见窗外那堆满秋稼的谷场和长满菜蔬的园畦。不用说,还同时闻到了由爽人的秋风吹入窗内,送到鼻端的稻香、菜香、泥土香,因而不禁暗自赞叹:好浓郁的田园生活气息!好一派农业丰收的景象!于是,这才顺理成章地引出了下句所写宴饮间的话题——"把酒话桑麻"。宾主间一面频频举杯劝酒,一面兴致勃勃地谈论起农业生产来了。"桑麻",指代农业生产,典出于陶渊明组诗《归园田居》(其二):"相见无杂言,但道桑麻长。"但请注意,这里并非只是对陶渊明其诗语词上的简单借用,而更体现了宾主双方对陶渊明其人精神上的应和与共鸣,品格上的钦慕和向往。诗人的老友是何许人已不得而知,但从诗中"话桑麻"的提示不难猜想出,宾主双方都对田园生活怡然自乐,感情很深,好像除却朝耕暮作、春种秋收之外,再没有占据他们心田的情事了。这比起当时那些在污浊的官场蝇营狗苟、尔虞我诈的显贵和准显贵们,该要清白、高尚多少倍啊!

尾联"待到重阳日,还来就菊花",最后补足宴终告别。"重阳日",九月初九重阳节。"就",意义双关:一为接近,此处可引申为观赏;一为伴吃伴喝,如今还有"吃饭就菜"的说法。两句意为:等到九月初九重阳节那天,"我"还要来跟您聚会,一起赏菊,一起喝菊花酒。耐人寻味的是,既然告别,却一不对主人道谢,二不与老友惜别,而居然径直地预约重阳再来。乍看起来,真有点不懂礼数,不近人情,但实际上,个中是大有深意的。第一,这正生动地体现了知心朋友亲密无间的感情。道谢吗?已经大可不必,尽管主人已经赔上一顿丰盛的鸡黍。惜别吗?何如后会有期,也无须计较主人须再贡献一顿美味的饭菜。正因为是知心朋友,一切客套都显得多余了。第二,这又清楚地表明了诗人对此次来访特别满意。试想，如果这次来访并不那么投机，干吗还要提出下次再来？第三，这还巧妙地暗示了二人超脱世事、高洁不群的共同情怀。因为古人认为菊花是高洁之物，饮菊花酒是高洁的表现；而饮菊花酒要有一定的时间，那就是九月初九重阳节。（如《齐谐记》载："九月九日，饮菊花酒。"）所以诗人选定这个日子再来。

古人评鉴此诗，大都注意到这里的"就"字用得妙。如杨慎《升庵诗话》云："《孟集》有'到得重阳日，还来就菊花'之句，刻本脱一'就'字。有拟补者，或作'醉'，或作'赏'，或作'泛'，或作'对'，皆不同。后得善本，是'就'字，乃知其妙。"但妙在何处呢？并未明说。现从上述拟补此字的意见的分歧难定，倒可以得到一些启示：那诸多的拟补字的意蕴都太质实狭隘了，很难充分表现这里所要表达的丰富内涵。而"就"字之妙恰在于它表意的广泛适应性，用在这里，不仅可以将"赏"菊和"饮"菊花酒的双重义项兼容并包，而且还能把主宾之间的融洽之情、欢聚之乐、后约之趣统统不着痕迹地表现出来。

如前所述，孟浩然是终生不得志的。"不才明主弃，多病故人疏"（《岁暮归南山》），"寂寂竟何待，朝朝空自归"（《留别王侍御维》），大致可以看作他一生的写照。他的隐居是迫不得已，是失意者于无奈中寻求的一种解脱。因而，他的山水田园诗，往往以凄寂寡欢为感情基调，以清冷恬淡为风格特色。但这首《过故人庄》却避开常例，而写得欣然自适、乐而忘忧。究其原因，也正在于他并不像朱自清先生分析过的一般"归田"诗人写的所谓"田园诗"那样，"大概是说说罢了，心里总还想着做官的。所谓'身在江湖，心存魏阙'"（《读书笔记》）。而他一生未入仕途，是"素业唯田园"（《涧南园即事贻皎上人》）

的"守田诗人",这使他对田园生活有得天独厚的深切体验和真挚感情,从而写出纯粹意义上的田园诗。当然,他也就能在这首诗中逼真地描绘出农村田园的自然美景,生动地抒写出知心朋友间的诚挚情谊,充分地表达出诗人对田园生活的由衷热爱。今天读来,诗中所描绘的清新优美的田园风光,仍然能给我们以自然美的艺术享受;诗中所抒写的笃厚真挚的朋友情谊,仍然能给我们以高尚情操的陶冶;诗中所表达的对村居生活的由衷热爱,仍然能给我们以正确认识农村的有益启示。这些无疑都是应该加以充分肯定的。

这首诗在艺术上的最大特色是构思精巧而又流走自然。全诗写来如话家常,似乎毫不费力,但仔细品味,却圆满严谨,丝丝入扣,达到了从开头的应邀做客到临别的预约再来,娓娓道来,引人入胜。这正是"篇法之妙,不见句法"(沈德潜《唐诗别裁集》)的高标,是"寄至味于平淡"(刘大勤《师友诗传续录》)的翘楚。闻一多先生在他的《孟浩然》一文中说过:"真孟浩然不是将诗紧紧地筑在一联或一句里,而是将它冲淡了,平均分散在全篇中……淡到看不见诗了,才是真正孟浩然的诗。"如此看来,用这些话来概括《过故人庄》这首诗的艺术特色,是再精当不过了。

春　晓

孟浩然

春眠不觉晓，处处闻啼鸟。
夜来风雨声，花落知多少。

施补华《岘佣说诗》提出："诗犹文也，忌直贵曲。"这话很对。孟浩然的《春晓》这首小诗，就是极尽其曲的妙品。全诗仅四句二十个字，竟写得一波三折，曲径通幽。

诗的首句"春眠不觉晓"点题。而为写"春晓"，却先说"春眠"。这自然是由于春天气候温和，不冷不热，最易于惹人嗜睡，即常言所谓"春乏"的缘故。"不觉晓"，则表明自己还在熟睡中，天已经大亮了，于是正好渲染了春眠的香甜，也流露出春潮的可喜。次句"处处闻啼鸟"即景。句中的"鸟"，当为黄莺，也叫黄鹂，为冬去春来的候鸟，叫声特别婉转动听。不用说是处处传来的黄莺的啼叫声把诗人从睡梦中唤醒的。这不仅交代了诗人醒来的原因，同时也映带出鸟啼的悦耳。总之，通过以上两句的描述传达给读者的是，诗人那种春睡春醒、怡然自得、令人陶醉的生活场景，它所强调的是一派"喜春"之情，真可说是睡着即香、醒来也美啊！

诗的三句"夜来风雨声"陡转，写忽然记起昨夜的"风雨"。从诗人夜卧寤寐之际竟然能听到它们的响声可知，那风雨未必很大，但肯定不会太小，由此暗寓了诗人心绪由"喜"转"惊"的微妙变化，从而逼出末句"花落知多少"的感喟，回到眼前，关注起"花落"来了。说是因为昨夜刮了风，又下了雨，诗人自然禁不住地生发出对花木凋落的担忧，于是水到渠成地再由"惊春"转为"惜春"。

就这样，全诗透过昼夜的交错、晴阴的递转，以及诗人心绪由喜转惊再转惜的微妙变化，委婉曲折而又淋漓尽致地表达了诗人爱春的情愫，带给读者无穷的兴味。

不过不要忘记，这样的诗也只有像孟浩然一样的诗人才有可能写得出来，因为除了拥有高超的艺术技巧之外，更主要的是他那一生布衣诗人的特定生活给他提供了足够写出此类作品的时空条件。试想，如果换成整天都处于紧张的生活节奏中的"上班族"或"学生族"，恐怕说什么也不可能创作出如此生发着恬然之思的作品来。

从军行七首(其四)

王昌龄

青海长云暗雪山,孤城遥望玉门关。
黄沙百战穿金甲,不破楼兰终不还。

王昌龄(? —约756),字少伯,京兆长安(今陕西省西安市)人。据有学者考证,他二十六七岁时,曾出入边塞,到过河西、陇右、玉门、青海等地(见谭优学《唐诗人行年考·王昌龄行年考》)。因此,对边塞生活有实际的深切的体验。约三十岁(727)时中进士,授汜水尉。约三十七岁(734)时中博学宏词科,迁秘书省校书郎。约四十一岁(738)时谪岭南,被谪原因未详。仅据《全唐逸诗》载其所作《见遣至伊水》一诗残句"得罪由己招,本性易然诺"可略推知,大概因为他轻率地答应了什么人的请托而忤逆了朝廷遂获罪见谪的。约四十三岁(740)时遇赦北归,旋于是年冬调任江宁(今江苏省南京市)丞,世称"王江宁"者,以此。约五十一岁(748)时以"奈何晚节不矜细行,谤议沸腾,垂历遐荒"(《河岳英灵集·王昌龄》),贬龙标(今湖南洪江市)尉,世称"王龙标"者,以此。近六十岁(756)时遇赦还乡,道经濠州(今安徽省凤阳县)时,被刺史闾丘晓所杀害。

王昌龄的诗在他生前就已很负盛名,有"诗天子"(宋人刘克庄《后村诗话新集》）或"诗家夫子"（元人辛文房《唐才子传》）之称。他的诗题材较为广泛，有写边塞生活的，如《从军行七首》《出塞二首》等皆为名篇；有写闺怨、宫怨的，如《闺怨》《长信秋词五首》等均为佳作；有写赠别内容的，如《芙蓉楼送辛渐二首》《送魏二》等也都称得上精品。比较说来，而以边塞诗尤著于世。他的边塞诗，多以乐府旧题铺写塞外风光和战争场面，抒发将士立功边地的豪情和思乡念家的心绪，对边防军政的腐败和士兵生活的痛苦也有较深刻的反映。风格雄浑含蓄，极富于想象力；手法细腻婉转，尤善于发掘人物的内心世界；音调铿锵顿挫，易于入乐，颇带民歌风味。读来往往使人振奋，激人豪情。

王昌龄的诗以绝句成就最高。现存一百七十七首诗中，绝句约占二分之一。尤擅七绝。绝句本自南朝五言四句的乐府短歌演化而成，故五绝成熟较早。七绝出现则较晚，初唐时虽偶见制作，但一则数量不多，尚难蔚成风气，再则其自身体格也尚欠完善，有的作品颇似从较长歌行或律诗裁截而成。大力用七绝写作，并使之神完气足，从而奠定其在诗坛上的独立地位，王昌龄无疑是于这方面有特殊贡献者之一。他的七绝，堪与李白相媲美，同被誉为"七绝圣手"。明人焦竑《诗评》称："龙标、陇西真七绝当家，足称联璧。"清人宋荦《漫堂说诗》称："三唐七绝，并堪不朽，太白、龙标，绝伦逸群。"王世贞《艺苑卮言》称："七言绝句，王江宁与李太白争胜毫厘，俱是神品。"而王夫之《夕堂永日绪论》更认为："七言绝句唯王江宁能无疵颣。"可见对其评价之高。又清人叶燮《原诗·外篇下》谓："七言绝句，古今推李白、王昌龄。李俊爽、王含蓄，两人辞、调、意俱不同，各有至处。"所评极是。今细言之，则王昌龄七绝当有如下三个突出特点：

第一，他的七绝，最善于以极为精练的语言浓缩时空关系，把历史和现实、咫尺与千里巧妙地融合在一起，创造出雄迈苍茫的意境，具有极强的艺术概括力。

第二，他的七绝，最善于捕捉人们刹那间的感触，借以表现其心态瞬间的各种微妙的变化，从而引发读者无尽的联想，收到强烈的艺术效果。

第三，他的七绝，能够做到句句精彩，不出闲笔。往往是起句突兀高险，起手不凡；二句顺势发挥，承接自然；三句另辟蹊径，翻出新意；结句委婉含蓄，余音缭绕。

《从军行》系乐府旧题，属《相和歌辞·平调曲》。王作共七首，这里选来的是其中的第四首。

唐朝建立以后，经过近百年的经营，到了开元、天宝年间，形成了空前繁荣的局面。但是，自隋代遗留下来的与周边少数民族间的矛盾，并未得到缓解，相反，却更激起了这些少数民族统治者觊觎中原、进行掠夺战争的欲望，而使得边境冲突一度呈现愈演愈烈之势。在此情况下，朝廷为了维护边塞地区的安定，不得不派大批军队戍守，并经常迎战来犯之敌。于是，征戍就成为当时社会生活中的一项重要内容。另一方面，不少仕途失意的知识分子，一则出于报国的热情，同时也想通过立功疆场以谋求新的政治出路，因而投笔从戎、慷慨赴边就成为当时的一种社会风尚。正是在这种主客观条件的综合作用下，促成了盛唐边塞诗创作的高潮。王昌龄的这首《从军行》，则是盛唐边塞诗中相当著名的一篇。

总体来看，这首诗所表达的中心内容，是戍边将士杀敌报国的英雄气概和坚强决心。

"青海长云暗雪山，孤城遥望玉门关。"这首诗的前两句着重写景，突出了雪山长云、孤城遥望的不寻常的景象，表现出边防前线自然条件的荒僻苦寒和战争环境的惨烈悲壮。"青海",指青海湖,在今青海省西宁市西,古名鲜水或仙海,一称卑和羌海,北魏时始定名为青海。唐时哥舒翰筑城于其地,置神威军戍守,与吐蕃经常在这一带发生战事。"长云",此当指战争云烟。"雪山",即祁连山,因山上终年积雪不化,故又有此称。"孤城",即玉门关,位于今甘肃省敦煌市西,初为汉武帝时设置,因从西域输入玉石取道于此,故而得名,汉时为西部边境的一个重要关隘,唐时关外即为突厥势力范围。两句意思略谓:青海湖一带上空战云密布,不见天日,就连终年积雪的祁连山也显得暗淡无光;放眼远望,在一片烽烟弥漫之中,只见玉门关一座孤城傲然屹立,岿然不动。这里的"暗"字用得极巧:"暗"自然由"长云"而生,青海湖上的"长云"竟能使白雪皑皑的祁连山也阴沉暗淡下来,足见"长云"之广远浓重,而这正好成为边地战争环境的主色调,有效地烘染出硝烟弥漫的紧张气氛。这里的"孤"字用得更妙:它不仅点明了玉门关的荒凉无依,而且突出了它西拒吐蕃、北御突厥的战略地位和威严雄姿。

"黄沙百战穿金甲,不破楼兰终不还。"这首诗的后两句叙事抒情。三句"黄沙百战穿金甲"叙事,强调了边塞战争的激烈持久:在黄沙漫漫的疆场上,将士们久经征战,勇斗顽敌,连身上穿的铁盔铁甲都磨破了。句中"穿"字用得尤好:"穿"字在这里意为磨破,既表明战争时间之久,又体现战事次数之繁;既显示沙场战斗之十分惨烈,又突出战地生活之极端艰苦,从而使边塞战事的激烈持久得到具体形象的表现。四句"不破楼兰终不还"抒情,表达将士们破敌的坚强决心。"楼兰",本为汉代西域国名,又称鄯善国,故址在今新疆维吾尔自治区鄯善县东南。西汉时,楼兰王勾结匈奴,经常骚扰汉边境,武帝遣使通大宛（故址在今中亚费尔干纳盆地），楼兰竟遮杀汉使。至昭帝元凤四年（前77），大将军霍光派平乐监傅介子前往楼兰，计斩其王，始将其降服，从而威震西域，保证了丝路的畅通。这里则指代扰边敌人。全句意谓：不把扰边的敌人彻底征服是绝不会班师回朝的。请注意，此句所写才是全诗的重心所在：前三句写景叙事，突出环境的荒漠艰苦，强调战争的激烈持久，终究是为了反衬戍边将士忠勇报国的英雄气概和坚强决心的，用的是相反相成之法，亦即"沧海横流，方显英雄本色"（郭沫若《领袖颂·满江红》）之意。按，此句历来学者有不同理解，如清人沈德潜《唐诗别裁集》谓"作豪语看亦可，然作归期无日看，倍有意味"；又近人刘永济《唐诗绝句精华》亦谓此句"用一'终'字而使人读之凄然。盖'终不还'者，终不得还也，连上句金甲着穿观之，久戍之苦益明，如以为思破敌立功而归，则非诗人之本意矣"。但如顾及此诗创作背景并细味整首诗情，似仍以解作"思破敌立功而归"之"豪语"为佳。何况句中"终"字一本作"誓"，作"誓"虽然显得过于直白，不如"终"更能体现感情的强烈且更耐人寻味，因而未必是诗句的"原装"，但从另一角度看，它却准确地传达了诗人的本意。须知在当时吐蕃和突厥贵族集团经常侵扰边境、屠戮人民、掠夺财物的情况下，以身许国、誓扫边尘的爱国精神和高尚节操，就为当时社会所崇尚而显得尤为可贵。此诗"不破楼兰终不还"一句，正讴歌了这种精神和节操。北宋范仲淹边塞词《渔家傲·秋思》中表达爱国豪情的名句"燕然未勒归无计"，或即借鉴了王诗的"不破楼兰终不还"的句意而创作出来的。

　　这首诗在艺术表现上特别值得一提的是：诗中所举地名实非即目所见，因为依地理位置，青海湖、玉门关、楼兰地三者彼此相距均逾千里，可谓遥不相及，按时代归属，楼兰国也早成历史，更不可与另二者同日而语；但诗人却巧妙地着以"长云"，竟把它们统统笼罩到一起，变得又似乎确为望中所得，从而构成了一幅眼前可见可感的"真实"的画面。这是一种消泯远近、杂糅古今的浓缩时空关系的艺术表现方法，犹如中国画里的"散点透视"，用到这里，正好表现了战区的广漠无边、战事的绵延不断，从而气象混茫、含蕴深厚地展现出当年西北戍边将士生活、战斗的典型环境，极大地扩展了全诗的思想容量。这样的表现方法过去的诗评家已经注意到了，如清人王士禛《渔洋诗话》就说过："古人诗只取兴会超妙，不似后人章句，但作计里鼓也。"不"作计里鼓"，即是指此种情形而言。已故知名学者程千帆在《论唐人边塞诗中地名的方位、距离及其类似问题》一文中，更从文学典型化角度对这一表现方法做过分析，认为诗人之所以采用这种方法，"乃是为了唤起人们对于历史的复杂的回忆，激发人们对于地理上的辽阔的想象，让读者更其深入地领略边塞将士的生活和他们的思想感情"。

出塞二首（其一）

王昌龄

秦时明月汉时关，万里长征人未还。
但使龙城飞将在，不教胡马度阴山。

《出塞》也是乐府旧题，据载为汉武帝时辛延年依西域乐曲改编而成，属《相和歌辞·鼓吹曲》。王昌龄《出塞》为组诗，共二首，这里选来的是第一首。

这首诗表现了作者对战士久戍不归的同情、对边将庸碌无能的讽刺和对朝廷任用边将不得其人的不满，表达了希望能有英勇善战的将帅镇守边关，使边防得到巩固，国家安全和统一得以维护的心愿。

"秦时明月汉时关，万里长征人未还。"诗的首二句从明月、关塞起笔，极写戍边战事的绵延持久。关于首句"秦时明月汉时关"，清人沈德潜《说诗晬语》有云："边防筑城起于秦汉；明月属秦，关属汉，诗中互文。"是的，此句正是以互文见义之法，先拈出"月""关"这两个边塞生活中最常见又最易引发乡思的意象，再以"秦""汉"两个朝代名加以限制，从而时空交织地形成一个发人深省的警示：明月照临关塞的如此这般的景象，自秦汉以来就一直是这样的！那么，如此这般的景象到底是怎样的呢？二句"万里长征人未还"做了明确的交代：在自秦汉以来的漫漫岁月里，由于战乱绵延不息，不知已有多少人战死沙场，抛尸绝域，不知又有多少人仍戍守塞漠，至今难回！这两句写得内容十分深刻，感情非常沉重，不仅高度地概括了千百年间万里征戍，代代不已的残酷的历史事实，而且清楚地透露出即使到了作者当代也仍然边境不宁，战氛未消，征人还乡遥遥无期的现实状况。这与李白的《战城南》"秦家筑城避胡处，汉家犹有烽火烟。烽火燃不息，征战无已时"所表达的思想感情是相同的。

那么，怎样才能结束这长期戍边、人不得归的局面呢？"但使龙城飞将在，不教胡马度阴山"，诗的三、四两句，即用假设口气委婉而又坚定地表达了诗人的见解和愿望，是他为医治这种时代痼疾所开出的一剂药方。"龙城飞将"，汉武帝时李广为右北平太守，匈奴称之为"汉之飞将军"。右北平，汉郡名，辖境相当于今内蒙古自治区宁城、河北省承德、天津市蓟县以东大部，辽宁省大凌河上游地区。此处"龙城飞将"，则是用典，借指扬威北方边地的名将。"胡马"，本指汉时匈奴骑兵，此指唐时西北边地常来入侵的吐蕃、突厥等少数民族军队。"阴山"，昆仑山脉北支，西起河套，绵亘于内蒙古自治区，东与内兴安岭相接，是古代中国北方的天然屏障。《汉书·匈奴传》载："（侯）应曰：'臣闻北边塞至辽东，外有阴山……至孝武世，出师征伐，斥夺此地，攘之于幕（漠）北。……边长老言，匈奴失阴山后，过之未尝不哭也。'"此处则泛指唐朝边境地区。两句是说，只需有如"汉之飞将军"李广那样英勇善战、体恤士卒的将帅镇守边关，就不愁敌人再敢入侵我大唐的边地了。句中"但"字，意为只需，兼表所提条件既是必要的，又是充分的；而"教"字，是使动词，用到这里，与前面的"但"字相呼应，更张扬了如李广那样的将帅一出镇边，即可震慑敌胆，稳操胜券的声威和信念。这两句明着是正面表达自己的见解和愿望，实则是用假设复句的旁敲侧击，以汉代唐的借古鉴今，深刻地检讨之所以会产生上述千年悲慨的社会历史根源：皆由边将无能和朝廷用人不当所造成。如问，当时有没有像李广那样的名将呢？答曰是有的，王忠嗣就是著名的一个。王曾历任朔方、河东兼河西、陇右节度，掌天下重兵，专以持重安边为宗旨，屡次击败吐蕃侵扰。天宝六年（747），他还曾富于远见地向玄宗力陈安禄山必反，可惜不被采信。奸相李林甫厌恶他议论朝政，竟使人诬告他谋反，要判死罪，虽经哥舒翰营救，终被贬为郡太守，而于天宝八年（749）暴卒。此即为诗人当朝名将不得任用的一个实证。固然王诗所说"龙城飞将"未必专指王忠嗣一人，但他被包括在内应是没有疑问的。沈德潜《说诗晬语》评此诗："盖言师劳力竭而功不成，由将非其人之故；得飞将军备边，边烽自息。即高常侍《燕歌行》归重'至今人说李将军'也。"可谓深中肯綮。只是此诗在语气表达上较高诗更显斩钉截铁罢了。

读完全诗，再细加玩味，不难发现，把征人的哀怨与国家的危难联系起来，把因久戍不归的愤懑与对名将安边的企盼联系起来，这样抒写是与盛唐时期既有安边战争又有扩边战争的现实状况相吻合的，也是与当时人们既有爱国觉悟又有怨战情绪的精神风貌相一致的。可以说，此诗相当全面地体现了盛唐社会的时代特色，因而具有深广的现实意义与历史意义。明人陆时雍《诗镜总论》云："王龙标七言绝句，自是唐人骚语，深情苦恨，襞积重重，使人测之无端，玩之无尽，惜人不善读耳。"当是指此而言。

总之，这首诗感情深沉，意境雄浑，表达含蓄，语言精练。清人施补华《岘佣说诗》云："七绝亦切忌用刚笔，刚则不韵。

即边塞之作,亦须敛刚于柔,使雄健之章,亦饶顿挫,亦不落粗豪。"昌龄此诗即无愧此等上乘之作。明人李攀龙《唐诗选注》赞此诗为唐人七绝压卷,良有以也。

闺 怨

王昌龄

闺中少妇不知愁,春日凝妆上翠楼。
忽见陌头杨柳色,悔教夫婿觅封侯。

明唐汝询《唐诗解》说:"伤离者莫甚于从军。故唐人闺怨,大抵皆征妇之词也。"此诗题为《闺怨》,即是写征妇的怨愁的。

写愁而开篇却偏从"闺中少妇不知愁"写起。句中"闺"字,本义为上圆下方似圭状的宫中小门,亦特指内室。"闺中",此指女子住所。古时妇女活动范围很受限制,只能拘守在深宅后院,即"闺中",所谓"大门不出,二门不踩"。"少妇",此指新婚不久的征人之妇。只因少妇年轻,与丈夫是新婚乍别,对夫妻分离的愁苦体验尚浅,说她"不知愁",自然与此有关。这种为写愁却先点出"不知愁"来,是巧妙地运用"反起"法,做了一个迂回,因而使全诗的展开具有了曲折和波澜。

然后,次句"春日凝妆上翠楼",遂承"不知愁"写少妇的举动。"凝妆",严妆,浓妆。"翠楼",青楼,古代显贵之家楼房多饰青色,这里用了"翠"字,当因平仄关系,且可与女主人公的身份及季节时令恰相贴合。你看,她细心有加地梳妆,不厌其烦地打扮,一切停当之后,才款款地兴致勃勃地登上"翠"楼赏春来了。这些举动,不正是"少妇不知愁"的心理状态的具体外现吗？明人唐汝询《唐诗解》谓："知愁，则不复能'凝妆'矣；凝妆上楼，明其'不知愁'也。"所言有理。

据此让人有理由设想，宋代大词人辛弃疾的名词《丑奴儿·书博山道中壁》开头就是："少年不识愁滋味，爱上层楼。"或即借鉴了王昌龄诗的这两句而化出的。

但写"不知愁"毕竟是为了更见功力地反跌出她的"知愁"。果然，三句"忽见陌头杨柳色"，写登楼所见，而以"忽"字一转，原先"不知愁"的少妇却因所见眼前春景而突然意外地有所触动。"陌头"，路边。"杨柳色"，此指杨柳吐绿，春意已浓。不消说，是因眼前这春意盎然的良辰美景温馨的诱引，使她顿时生起不得与亲人共享的深深遗憾；又因"柳"谐"留"音，古代有折柳赠别的习俗，不消说，更是由这陌头新绿如碧的春柳强烈地提醒，使她陡然牵出心底那段当初与丈夫分别情景的记忆。总之，"遗憾"也好，"记忆"也罢，反正都说明她已经开始"知愁"了；仅只没有明确地表达在诗句的字面上，而是由一个"忽"字巧妙地暗示出来的。

于是，四句"悔教夫婿觅封侯"，则进一步挑明少妇由愁更转生为悔。句中"夫婿"，即丈夫。"觅封侯"，古人常通过从军边塞建立战功以求取封侯的爵赏。句意为：现在，少妇深深地悔怨自己当初不该让丈夫从军边关，求取功名，以致酿成今天这般不得与他亲密厮守、共享青春美好时光的局面。

诗读至此，有必要回过头再去细味一个问题，即诗的开篇所写那位少妇"不知愁"，难道作者真的是说她一点愁都没有吗？看来未必。须知"不知愁"并不等于真的"没有愁"。更何况"不知愁"一本作"不曾愁"，"不曾愁"者，正透露只不过此时愁尚未发作罢了。前面诗中所写她"凝妆上翠楼"的举动，其实又何尝不可以理解为是她自丈夫离家后而于内心深处积淀起来的孤独寂寞无聊之愁，在特定场合（如春日到来时）的一种潜意识的行为外现呢？试看晚唐词人温庭筠的《菩萨蛮》不就是以"懒起画蛾眉，弄妆梳洗迟。照花前后镜，花面交相映"的"凝妆"过程的细腻描写而着意表现词中女主人公内心的空虚、孤独和寂寞的吗？甚至可以推测，温词的这种写法或许脱胎于王诗也未可知。总之，少妇其实是有愁，只是一则如前所述，她作为一位新嫁娘，于离愁的确涉猎尚浅；再则，恐怕更因为盛唐前期，国力强盛，从军远戍，立功边塞，是人们求取功名的一条重要途径，从而那种在"功名只向马上取，真是英雄一丈夫"（岑参《送李副使赴碛西官军》）的时代风气的熏染之下，这位"闺中少妇"对她当初"教"（是鼓励？是支持？但至少是同意）"夫婿"走这条"觅封侯"的道路无疑是充满了浪漫主义幻想的。因此，她的这种"愁"平日里也就暂时地被"搁置"起来，仅以"自在"的状态潜藏于心底深处，即所谓"一种倾向"被"另一种倾向""掩盖"了。而现在，一经眼前"陌头杨柳色"的美好春景的挑逗和勾引，终竟油然转为"自觉"的显意识了。于是，她也就不能不着实地先感到"愁"，随即更深深地生出"悔"来。就这样，全诗由"不知愁"而触动"愁"，再由"愁"而转生"悔"，写少妇微妙变化的心理活动在步步加深的过程，既极为细腻真切、生动感人，又找足了"闺怨"的题中应有之义。清人黄生《唐诗摘钞》评此诗："闺情之作，当推此首为第一。"洵非过誉。

芙蓉楼送辛渐二首（其一）

王昌龄

寒雨连江夜入吴，平明送客楚山孤。
洛阳亲友如相问，一片冰心在玉壶。

组诗《芙蓉楼送辛渐二首》写于天宝元年（742），正当作者被贬后而"量移"（遭贬遇赦而被酌任近职）江宁（今江苏省南京市）丞期间。这里选来的是其中的第一首。

芙蓉楼，位于润州（今江苏省镇江市）旧城西北城角上。据《元和郡县志》卷二六"江南道·润州"条载，此楼是东晋王恭任刺史时所建。在楼上，既能俯瞰长江，又可遥望江北，为古时一处登临胜地。

辛渐，生平行事不详，仅由此诗知他是王昌龄的好友，这次要从润州渡江，取道扬州（今江苏省扬州市），北归洛阳（今河南省洛阳市）。应当是王昌龄先从自己任所江宁陪同他到润州江边小住一宿，第二天就在这里握别。具体时间是一个寒雨初过的秋天的早晨。从时间上看，组诗的第二首所写情事倒应发生在前，其诗云：

丹阳城南秋海阴，丹阳城北楚云深。
高楼送客不能醉，寂寂寒江明月心。

可见，头天月夜之中在芙蓉楼上已举行过饯宴。而现在这第一首则从宴后接写开篇。

"寒雨连江夜入吴",写被阴雨笼罩的江面迷蒙的夜景,为送别渲染了一种凄凉萧寥的氛围。"连江",意为满江。"夜入吴"的主语仍是"寒雨"而非人,意为夜里下起了雨。"吴",与下句"楚"均泛指镇江一带。镇江一带春秋时期本属吴地,战国后期又曾属楚地,位居所谓"吴头楚尾"相衔处,故向来以"吴楚"并称。南齐谢朓诗有"朔风吹飞雨,萧条江上来"之句,或许为王诗此句所借鉴,但二者相较,则王诗显得更为紧凑,更有力度。尤其句中"连""入"二字用得极好,它们搭配起来,传神地摹状了"寒雨"来临时的动态和气势,表达了诗人当时特定的感受:你看,夜深了,宴罢了,可该稍作歇息了,不巧偏偏就在此刻刮起了萧瑟的江风,吹送着浸透了深秋寒意的雨丝,应和着波翻浪涌的江水,自西而东,遮天盖地地袭来,霎时,竟弥漫了整个江面,一如整个江南大地也被笼罩到雨幕之中。不消说这一对分手在即的好友,本已别情难堪,现在卧听着连江风雨之声,怕会更增添几多寂寞凄凉之感,以致彻夜难眠了吧。

二句"平明送客楚山孤",交代送别的具体时间和心情。"平明",即黎明。"楚山",指望中所能见到的镇江第一山北固山,位于城东北长江岸边。"孤",孤寂,此处词义双关:一是指楚山孤峙。的确,这当是写出了送别朋友时诗人的即目所见,因为原先在楚云深深、烟雨蒙蒙之中,楚山的轮廓是模糊不清的,而到了"平明"时分,雨停了,天晴了,空气异常澄澈,望中楚山如洗,于是,它那突兀耸峙的形象,也就特别显眼地展现在诗人的视野之内,自然给人以"楚山孤"之感。再是更以"山孤"状"人孤"。正如王国维《人间词话》所谓"以我观物,故物我皆著我之色彩"。昌龄贬官,只身来此,家人未随,本已孤单，加以眼下好友即将北归，友去己留，不免更觉寂寞。于是，情与景谐，心与境会，那耸峙江边的楚山，也就成了诗人特定情怀的一种外化。所以，一个"孤"字，又正是诗人当时心境的真实反映。

诗的三、四句"洛阳亲友如相问，一片冰心在玉壶"，是临到与老友握别时的嘱托。其中三句"洛阳亲友如相问"先宕开一笔，设想辛渐到洛阳后亲友们可能会询问有关自己的情况。今按，昌龄籍贯为京兆长安，郡望为琅邪（今山东省青岛市黄岛区），家并不在洛阳。他大约自三十岁任汜水尉，三十四岁迁秘书省校书郎，直到四十一岁贬岭南，十多年间，却在洛阳一带结识了不少朋友，如李颀、岑参、刘晏等，所以，这里的"亲友"当为偏义复词，且偏在"朋友"一义。想想看，诗人是先贬岭南，继而再转江宁，几经折腾，到写这首诗时，已过去好几个年头，洛阳一带的老友们能不惦记着他，急于得知他的状况吗？由此可知，诗人这样设想，完全是情理之中的事。末句"一片冰心在玉壶"，则是他拟就的拜托辛渐带给洛阳老友们敬请释怀的答辞。是以自己的心地如冰一样清纯，又存放在晶莹如玉一般的胸怀之中的巧妙的比喻，表达自己光明磊落，虽遭贬谪，却问心无愧的实情。这既是对洛阳亲友的解释和安慰，更是为自己无辜被贬的申诉和辩白。而这正是全诗的主旨所在。应当指出，过去通常沿用沈德潜《唐诗别裁集》之说，将此句解作"言己之不牵于宦情也"，揆之诗意，已非中肯；还有将此句解作表达纯洁的友谊的，就更离本旨。

是的，"冰心玉壶"的精彩比喻并非王昌龄凭空杜撰，而是有所借鉴的。今按，"冰心"一词最早见于《宋书·良吏传·陆徽传》中语："冰心与贪流争激，霜情与晚节弥茂。"而"玉壶"一词则出自南朝宋人鲍照诗《代白头吟》之句："清如玉壶冰。"

降及唐人姚崇《冰壶诫》又有句云:"故内怀冰清,外涵玉润,此君子冰壶之德也。"皆当为王诗所本。但到了王昌龄,他毕竟创造性地借纯洁如"冰"来比自己的"心",并把这纯洁如冰的心装到了晶莹剔透的"玉壶"里,于是"玉壶"也就成了自己磊落胸怀的象征。这无疑算得上是"点铁成金"的妙用。"冰心玉壶"作为一个整体的艺术形象,已经成了表里澄澈、光明磊落、品格高洁的象征,从而产生一种特殊的美学效果:它不仅贴切地彰显了诗人自己的高洁情操,而且生动地昭示给后人可准此目标以净化各自的心灵。

　　明面题为送人,实则重在写己,是此诗作为送别体的一大特别之处。之所以会如此,当与宾主双方的特定身份和特定处境有关:友人是如愿北归,不久就可与家人团聚,所以临别之际已无需太多宽慰体贴;而自己是无辜被贬,仍要含冤滞留异乡,所以临别之际则势必苦楚在胸,不吐不快。所以,借送别之机,一表心迹,也就于情于理皆属当然了。

白雪歌送武判官归京

岑 参

北风卷地白草折,胡天八月即飞雪。
忽如一夜春风来,千树万树梨花开。
散入珠帘湿罗幕,狐裘不暖锦衾薄。
将军角弓不得控,都护铁衣冷难着。
瀚海阑干百丈冰,愁云惨淡万里凝。
中军置酒饮归客,胡琴琵琶与羌笛。
纷纷暮雪下辕门,风掣红旗冻不翻。
轮台东门送君去,去时雪满天山路。
山回路转不见君,雪上空留马行处。

这是一首边塞诗。作者岑参(约715—770),江陵(今湖北省荆州市荆州区)人。他是唐代边塞诗派最著名的代表诗人之一,曾两度出塞,八年戍边。长期征戍的壮举,不仅激发了他胸中的豪情,而且开阔了他创作的视野,从而使他写出了一大批高质量的边塞诗篇。他的边塞诗,常常以诗人的敏感去捕捉征戍生活和边塞风光的新鲜镜头,极善于运用变化无端的笔触,热情乐观地描绘西北边塞的奇异景色,往往给人以涉奇历险、光怪陆离的感受,从而烘托出将士们英勇报国、不畏艰苦的精神,表现出雄奇浪漫的独特风格。唐人杜确《岑嘉州诗集序》说他的诗"迥拔孤秀,出于常情",元人陈绎曾《诗谱》说他的诗"尚巧主景",正道出了他边塞诗的最大特色。而《白雪歌送武判官归京》这首诗,则是最能体现他的这一特色的优秀篇章之一。

这首诗写于岑参第二次出塞任安西、北庭节度判官(判官,唐朝协助节度使等地方长官处理政务和文书的官员)期间。天宝十四载(755)八月,他的同僚——一位姓武的判官因公要从驻地轮台(即今新疆维吾尔自治区乌鲁木齐市米东区;有说是今新疆轮台,不确)首途,回京城长安,他写下这首诗表示送行。

诗题中的"白雪歌",原系乐府歌曲名,相传最早为黄帝时的琴曲。楚人宋玉《答楚王问》有云:"客有歌于郢中者,其始曰《下里巴人》,国中属而和者数千人……其为《阳春白雪》,国中属而和者不过数十人。"可见彼时能唱此曲者已经很少。据文献资料载,唐高宗显庆二年(657),太常寺乐官取帝所作雪诗,依旧传琴曲制谱成《白雪歌》曲以呈,遂得以流播。岑诗盖本以此立题。

如诗题所示,全诗内容不外咏雪和送别两个方面,具体分析,又可分三个层次。

诗的前八句是第一层,写胡地雪天的奇景奇寒,为送别布置了特定的环境氛围。其中前四句写胡地雪天的奇景。"北风卷地白草折",先写风势的猛烈。"北风卷地"是直接写风,一个"卷"字,形象地描摹了风势之猛。"白草折"是从草写风,据《汉书·西域传》颜师古注:"白草似莠而细,无芒,其干熟时正白色,牛马所嗜也。"又王先谦补注:"冬枯而不萎,性至坚韧。"现在,连"性至坚韧"的白草都刮断了,可见风势之烈。"胡天八月即飞雪",进而强调大雪的早来。"胡天",胡地的天气。"胡",指我国西北少数民族地区,也就是当时所谓西北边塞地区。"即",在这里有"竟然"的意思,既突现了北国雪早的事实,又表达了诗人对胡地八月下雪,气候异常的惊奇。而"飞"字,则精确地描画出在卷地折草的呼啸狂风中雪花漫天、飞扬旋舞的特定情景。"忽如一夜春风来,千树万树梨花开。"这两句正面描绘风停雪降后的景象。如果说诗的开头两句还只是拉开了奇妙雪景的序幕的话,那么,这两句则正式展现了一个明媚奇丽、震撼人心的白雪世界。句中"忽"字,是不知不觉、陡然发现的意思。它与下面的"夜"字紧相呼应,表明因为夜里下雪,不知不觉,天明一看,遍地铺玉,满树银装,于是产生"忽"的感觉;倘若在白天,眼看着雪越下越大,越积越厚,洋洋洒洒地染白了大地,也就不会有这种感觉了。同时,这个"忽"字,也兼有天气变化无常的意味,一夜之间,竟然出乎意外地来了这样一场大雪,真所谓天有不测风云,胡地为最了。而"春风来"三字,与下句"千树万树梨花开"相联结,则构成了一个新颖贴切、明媚动人的比喻。以梨花比寒雪,一则借助二者皆洁白纯净,色全同,二则借助梨花朵小而密集,多簇拥成团,乍看去,与雪压寒枝了无二致,形尤似。而更具有奇妙效应的是经此一比,风吹雪飘、地冻天寒的塞外风光,居然变成了梨花盛开、春意盎然的江南美景了。这当然是诗人通过视觉所获得的一种主观感受,而这感受不仅反映了胡地雪天的奇景,而且透露了诗人积极乐观的情怀,读来让人顿时感到格外清新而又爽快。初唐诗人东方虬有"春雪满空来,触处似花开"(《春雪》)之句,即以花喻雪。岑参诗句或许是借鉴了它而写出来的。但除了以花喻雪这一点相同之外,在诗的豪情与奇趣上,毫无疑问岑参是大大超过了东方虬的。

紧接四句写胡地雪天的奇寒。先以"散入珠帘湿罗幕"一句作为过渡,从写帐外景象轻妙不觉地转到写帐内景象。"珠帘",是缀有珠饰的门帘。"罗幕",是用绫罗织成的帐幕。"散入珠帘",写雪花从缀有珠饰的门帘的空隙处零星地飘洒进来;"湿罗幕",写雪花飘落在绫罗制成的帐幕上,慢慢地融化,以至把它浸湿了。一个"散"字,一个"湿"字,用得非常贴切而又传神。"狐裘不暖锦衾薄",承上转写胡地的奇寒。"狐裘",狐皮袄。"锦衾",锦缎被。这些在当时本来都是高档的御寒品,但在胡地雪天奇寒的侵袭之下,即使穿上狐皮袄也不觉得暖和了,即使盖着锦缎被也显得太薄了。"将军角弓不得控,都护铁衣冷难着。"这两句是互文见义的搭配句。"将军""都护",泛指军中高级将领。"角弓",用兽角装饰的硬弓。"控",拉弓。"铁衣",铠甲,也就是战袍,铁制的叫"铠",皮制的叫"甲"。此两句是说,因为天气奇冷,将军们手冻僵了,角弓拉不开了,连铠甲也难于披挂了。以上四句,从军帐中人物的具体感受写胡地雪天的奇寒,可说是达到了淋漓尽致的地步。读着这些诗句,不由不随着诗人的描写而感到一股股逼人的寒气。

接下来,"瀚海"四句是全诗的第二层,写雪中饯饮的情景。"瀚海阑干百丈冰"是写地面。"瀚海",意谓浩瀚如海,指大沙漠,但具体所指因时代不同而有变化。唐朝时多泛指蒙古高原以北及西面准噶尔盆地一带,包括东起兴安岭西麓,西尽天山东麓,自东北到西南绵延两千公里的大沙漠;明代以后才专指戈壁大沙漠。又据今人柴剑虹《"瀚海"辨》一文的意见,自古以来,维吾尔族人习惯将陡峭的山崖所形成的陂谷称作hán,可译作"杭海"或"瀚海",此解亦通,可备一说。"阑干",纵横交错、杂乱堆压的样子。"百丈冰",极言冰雪覆盖之广之深。全句意思是说,地面上到处都覆盖着一层层的坚冰,整个大地简直变成冰的世界了。"愁云惨淡万里凝",则写天空。"愁云",就是阴云。"凝",聚集不散的样子。全句是说,天空中阴云密布,愁惨惨地一直没有散开的动向,好像已经冷冻起来,再也化不开了。前面写大雪如春,充满了惊喜;这里写"愁云惨淡",却透露出忧虑。前后感情色彩为什么有这样大的变化?这是因为,前面专写雪天奇景,是壮丽的北国风光诱发了诗人由衷的赞美;这里特写雪中饯别,则是友人行将冒雪登程引起了诗人深深的担忧,这样写是合乎情理的。以上两句,勾勒出一幅千里冰封、万里雪飘的壮阔画面,强调了送别友人的特定场景,并为送别奠定了豪壮沉雄的基调。"中军置酒饮归客,胡琴琵琶与羌笛。"写饯别宴会的情景。"中军",本意为主帅所率领的军队,此处借指中军帐,亦即主帅的营帐。"中军置酒",点明是在主帅的营帐里摆设了送别的酒宴,提醒这次酒宴的规格非同一般。"归客",指武判官。"饮归客",交代这次酒宴是专为送别武判官而设,见出他此行的意义非同小可。"饮",使动用法,是"让……喝"的意思,这里可理解为招待。"胡琴琵琶与羌笛"一句则烘染了宴饮场面的热烈。"胡琴",乐器名。古代泛指一切从域外传来的弦乐器,故往往名同而器异,而非仅指现今传统戏剧中所谓通属于胡琴的京胡、二胡、四胡、板胡等。"琵琶",乐器名,有四弦、六弦之别,旧皆用木拨,至唐始废拨用手,谓之挡琵琶。《宋书·乐志》:"琵琶,傅玄《琵琶赋》曰:汉遣乌孙公主嫁昆弥,念其行道思慕,故使工人裁筝、筑为马上之乐,欲从方俗语,故名曰琵琶,取其易传于外国也。"可见此为中原传统乐器。"羌笛",乐器名,原出古羌族,故名。古人宴饮往往要奏乐助兴,叫作"侑筋"。这一句是"词组代句"(吕叔湘《中国文法要略》)格式,宴席上的具体细节虽然没有详写,但从所开列的乐器名单可以推想出其场面的异常热烈,准保是中原本色与异邦情调的乐协奏声，和着主宾之间频频而起的碰杯声、祝福声、谈笑声，汇成了一股股强劲的暖流，回荡在整个营帐之中。它不仅驱散了营帐之内的严寒奇冷，而且也使人们早已忘却了营帐以外的冰封雪飘。

　　诗的最后六句是第三层，写雪中送别的情景。"纷纷暮雪下辕门，风掣红旗冻不翻。"此两句写送出营门时的情景。"辕门"，古代军队驻扎时将两车辕木相向竖起交叉而成的营门。"纷纷暮雪下辕门"是说，傍晚时分，宴饮结束了，归客要登程了，大家一齐送出军营的大门，这时，大雪又在纷纷扬扬地下着。"风掣红旗冻不翻"，则是用军营中的典型景物进一步表现当时的风大天冷。"掣"，是撕拽的意思。一个"掣"字，把风拟人化了，形象地点明当时又起了风，而且风势很大，好像它在用力地撕拽红旗似的。但红旗早被冰雪结结实实地冻僵了，任凭大风狠劲儿地吹打，也无法使它飘动了。"轮台东门送君去，去时雪满天山路。"此两句写二人分手时的情景。"轮台东门送君去"是说送了很远。由诗句可知诗人与归客武判官关系很好，别的送行的人送出营门就都回去了，可他却与武判官即将分手而又不忍就此分手，于是两情依依地送了一程又一程，从军营门口竟一直送到轮台城的东门外。"去时雪满天山路"，则是展望归客的旅途艰辛。归客就要登上遥遥的征程了，于是那条被大雪覆盖的山路，就理所当然地引起了诗人的特别关注。又是山路，又是大雪覆盖，该多难走啊！字里行间，充满了诗人对归客的无限关心和体贴。"山回路转不见君，雪上空留马行处。"两句写送走归客后的情景。千里相送，终有一别，归客毕竟毅然上路了，而送走归客后，诗人怎样呢？"山回路转不见君"，见出他并未马上回来，而仍站在北风凛冽、大雪飘飞的茫茫郊野的分手处，继续目送着归客渐渐远行，直到归客的背影消失在山回路转、风雪弥漫之中。"雪上空留马行处",则进一步表明归客虽已远去,目送不得了,但自己的眼睛却还盯着归客的坐骑原先在雪地上踏出的一长串越伸越远、不见尽头的蹄印,久久不忍离去。可以说,这是再"心送"一程。一个"空"字,把诗人心中的无限怅惘之情和对归客的不尽眷恋之意含蓄而又充分地表达了出来。这两句结句,是以情寓景中之法,从"人送"写到"目送"再写到"心送",与李白《送孟浩然之广陵》诗中的"孤帆远影碧空尽,唯见长江天际流"两句结句,都结得余音缭绕,言有尽而意无穷,确有异曲同工之妙。著名学者刘永济《唐人绝句精华》曾评李诗两句结句云:"故人之舟既远,则帆影亦在碧空中消失,此时送别人所见者'长江天际流'而已。行者已远而送者犹伫立,正所以见其依恋之切,非交深之友,不能有此深情也。善写情者,不贵质言,但将别时景象有感于心者写出,即可使诵其诗者发生同感也。"岑参的《白雪歌送武判官归京》,不也正是"但将别时景象有感于心者写出"的"善写情者"之作吗?

这首诗写军中送别,能一反古代写离别必定凄苦的老调,而驰骋大胆的想象,以夸张的描写、急促的换韵,把诗人乐观豪放的气概、深挚笃厚的友情,同冰封雪飘的奇景融会在一起,写得气势磅礴,富于雄奇瑰丽的浪漫色彩,能给人以健康乐观的情操陶冶和自然壮美的艺术享受。

这首诗艺术上的最大特色是以景衬情,情景相生。王夫之《姜斋诗话》提出:"情景名为二,而实不可离。神于诗者,妙合无垠。巧者则有情中景,景中情。"岑参这首诗就达到了情景妙合无垠,既有情中景,又有景中情的神奇境界。全诗自始至终以雪为背景、为线索。"雪"字在诗中先后出现四次:第一次"胡天八月即飞雪",点明送别前的雪景,突出了胡地的雪早天寒；第二次"纷纷暮雪下辕门"，点明饯别时的雪景，渲染了依依惜别的气氛；第三次"去时雪满天山路"，点明临别时的雪景，烘托了诗人对朋友无限关切的心情；第四次"雪上空留马行处"，点明送别后的雪景，表达了送走友人后的无限怅惘之情和不尽眷恋之意。这样，在广袤无垠的冰天雪地的大背景上，生动、典型地描绘了一幅完整的塞外风雪送友图，能给读者留下深刻的印象。

  联想奇妙，比喻生动，是这首诗艺术上的又一特色。尤其"忽如一夜春风来，千树万树梨花开"两句，能以清新秀丽的南国春色，比喻雄奇壮美的塞外雪景，生动新颖，烂漫多情，突出地表现了诗人热爱生活、浪漫乐观的思想性格，因而成为千古流传的咏雪名句。

  巧施色彩，相映生辉，也是这首诗的一个艺术特色。古人写诗讲究设色，岑参这首诗就是一个成功的例子。全诗设置的背景是大地银装素裹，处处皆白，以及天空愁云惨淡，万里凝灰。而在这白与灰的底色中，偏又巧妙地捕捉住那面风掣不翻的红旗加以强调，从而使天上与地下原本无边无际的银白与深灰，再与眼前仅有的那一点鲜红，相映成趣，构成了一幅奇丽的图景。这种面与点的色彩配置，突出地展现了茫茫瀚海、巍巍军营所特有的视觉形象，能使读者产生如德国著名美学家莱辛在《拉奥孔》一书中所说的"在程度上接近于物质的图画特别能产生的那种逼真的幻觉"，而感到格外真实、生动、亲切，宛如身临其境一般。

  对于这首优秀的写景送别诗，著名学者、诗人施蛰存在他的《唐诗百话》一书中发表过不同的看法："这首诗不能说有什么突出的好处。武判官大约不是作者的亲密朋友，送行的话并没有深刻的情感。全诗只不过词句通俗流利，集中一个主题，从各方面刻画塞外雪景。在开元、天宝年间,这是一种新题材、新形式的诗歌,一时风行,成为一个新的流派。"对于施先生的意见,我们不敢苟同。我们认为,这首诗不仅状景奇丽,而且言情笃挚。相信读者只要细心品读原诗,就不难得出公允的结论。

凉州词二首（其一）

王之涣

黄河远上白云间，一片孤城万仞山。
羌笛何须怨杨柳，春风不度玉门关。

  过去，对王之涣的生平事迹知之甚少，因为新、旧《唐书》无他的传记，只能从《唐诗纪事》《唐才子传》中找到一些简略的记载。近世以来发现了他的墓志铭，人们对他才有了多一点的了解。墓志铭是唐人靳能写的，全称为《唐故文安郡文安县尉太原王府君墓志铭并序》。

  王之涣（688—742），字季淩，原籍晋阳（今山西省太原市西南），自其五世祖隆之任北魏绛州刺史起而占籍绛郡（今山西省新绛县）。唐玄宗开元初为冀州衡水县（今河北省衡水市）主簿，因受人诬陷，愤而辞归，过了十五年浪迹黄河南北的漫游生活。之后在亲友的劝说下，再次入仕，补文安县（今河北省廊坊市）尉，有政绩，以清白公正著于时，最后卒于任所，享年五十五岁。

  王之涣性格豪放，常与乐工制曲歌唱，名动一时。靳能在墓志铭序中评他的诗："歌从军，吟出塞"，"传乎乐章，布在人口"。可见他在当时的诗名之盛。他现存的诗仅七首绝句（包括《唐诗外编》补收的那首一作张旭所作的《山行留客》）。

但从这仅存的七首也可看出，他的诗意境高妙，情致雅畅，语言凝练，音韵优美，均称得上唐诗中的精品。清人管世铭《读雪山房唐诗序例》谓："摩诘、少伯、太白三家，鼎足而立，美不胜收；王之涣独以'黄河远上'一篇当之。彼不厌其多，此不愧其少，可谓拔戟自成一队。"所评极是。

《凉州词》，本为乐府旧题，意为凉州唱的歌辞。凉州，唐时属陇右道，治姑臧县（今甘肃省武威市）。这首诗，唐人芮挺章编成于天宝三载（744）的《国秀集》即题为《凉州词》，唯诗的前两句作"一片孤城万仞山，黄河直上白云间"。唐人薛用弱《集异记》所载则与今本同。而宋人郭茂倩《乐府诗集》、计有功《唐诗纪事》则均题为《出塞》，且诗的首句作"黄沙直上白云间"，末句作"春光不度玉门关"。版本不同纷杂如此，也从一个侧面证明此诗流布广远，是在广远的流布中产生了歧异。

这首诗，写西北塞外宏阔而又荒漠的景象，透露了出塞远戍的征人生活的艰苦和思乡的哀怨。明人王世懋《艺圃撷余》曾推此诗为唐人绝句的"压卷"，可见对其评价之高。又唐人薛用弱《集异记》还载有特别褒誉此诗的所谓《旗亭画壁》的故事：

开元中，诗人王昌龄、高适、王之涣齐名。时风尘未偶，而游处略同。一日，天寒微雪，三人共诣旗亭，贳酒小饮。忽有梨园伶官十数人登楼会宴。三诗人因避席隈映，拥炉火以观焉。俄有妙妓四辈寻续而至，奢华艳曳，都冶颇极。旋则奏乐，皆当时之名部也。昌龄等私相约曰："我辈各擅诗名，每不自定甲乙，今者可以密观诸伶所讴，若诗入歌辞之多者，则为优矣。"俄而，一伶拊节而唱曰，乃曰："寒雨连江夜入吴，平明送客楚山孤。洛阳亲友如相问，一片冰心在玉壶。"昌龄则引手画壁曰:"一绝句。"寻又一伶讴之曰:"开箧泪沾臆,见君前日书。夜台何寂寞,犹是子云居。"适引手画壁曰:"一绝句。"寻又一伶讴之曰:"奉帚平明金殿开,强将团扇共徘徊。玉颜不及寒鸦色,犹带昭阳日影来。"昌龄则又引手画壁曰:"二绝句。"之涣自以得名已久,因谓诸人曰:"此辈皆潦倒乐官,所唱皆巴人下俚之词耳,岂阳春白雪之曲,俗物敢近哉!"因指诸妓之中最佳者,曰:"待此子所唱,如非我诗,吾即终身不敢与子争衡矣!脱是吾诗,子等当须列拜床下,奉吾为师!"因欢笑而俟之。须臾,次至双鬟发声,则曰:"黄沙远上白云间,一片孤城万仞山。羌笛何须怨杨柳,春风不度玉门关。"之涣即揶揄二子曰:"田舍奴,我岂妄哉!"因大谐笑。诸伶不喻其故,皆起诣曰:"不知诸郎君何此欢噱?"昌龄等因话其事,诸伶竞拜曰:"俗眼不识神仙,乞降清重,俯就筵席。"三子从之,饮醉竟日。

这则故事所记,一些学者认为未必真有。而我们认为,与其说未必真有,不如说未必真无(理由参见傅璇琮《唐代诗人丛考·靳能所作王之涣墓志铭跋》)。无论如何,至少有一点是可以肯定的,就是王之涣的这首《凉州词》,早在唐代就已经广泛流行,为人传唱,受人喜爱了。

这首诗的前两句"黄河远上白云间,一片孤城万仞山",是写景,写的是西北边地最具特征意义的宏阔而又荒漠之景。首句"黄河远上白云间",先写"河"而带"云",集中表现西北边地的宏阔。"河",是不平凡的,全长一万多里,古时是被专称为"大河"的黄河。句意为:浩浩荡荡、莽莽苍苍的黄河流贯神州赤县,极目西寻它的源头,宛如竟在天际云端一般。这与李白《将进酒》中的著名诗句"黄河之水天上来"同样具有动人心魄的气势，只不过李诗视线的移动是自西向东，顺流而下，王诗视线的移动则是自东向西，逆流而上罢了。二句"一片孤城万仞山"，则写"城"而带"山"，集中表现西北边地的荒漠景象。"城"，是不平凡的独当一面的战略要塞玉门关。句意为：作为西土边陲重镇的玉门关，就坐落于万仞群山之间。这与王昌龄《从军行》中的名句"孤城遥望玉门关"同样具有激人感慨的况味，只不过这里特别拈出"一片"与"万仞"对举，则借数字上的悬殊，更突现了宏阔旷远的大背景下的主体意象，从而使孤城尤显其孤，玉门关周遭的荒凉索寞也得以最充分地渲染。

　　关于以上两句的理解，有学者认为：黄河并不靠近凉州，而与玉门关相距更远，故首句中的"黄河"应如《乐府诗集》《唐诗纪事》所载，作"黄沙"为是。而我们认为，这看似有理，实则却很难成立。因为，第一，先就诗中所写的整体景物来看，正如当代学者林庚在《王之涣的〈凉州词〉》一文中所提及的："从形象上说，'黄沙直上白云间'确是不太理想，因为'黄沙'如果到了'直上白云间'的程度，白云势必就早变成了黄云……若真是'大漠风尘日色昏'了，怎么还能有白云的联想呢？"第二，须知诗题中的"凉州词"，原为一个乐府旧题，按照惯例，同其他乐府旧题如"燕歌行"不过笼统表示是写大范围的有关北（东北）部边塞题材，并不严格限定燕州一地之景之事一样，它也仅只笼统表示是写大范围的有关西（西北）部边塞题材而已，并非局限于只能写凉州一地之景之事。黄河虽与唐时凉州已不搭界（姑不论汉时凉州地面甚广，流经青、甘、宁的黄河上游一段几乎全都包括在内），但从大范围看，它却毫无疑问是流贯西（西北）部边塞地区的一条超等大河，因此，完全有资格成为反映西（西北）部边塞题材诗作中的主体景物，另一盛唐大诗人王维的边塞诗《使至塞上》中不就有"大漠孤烟直，长河落日圆"的名句吗？第三，更何况这首诗的最初的题目未必就是"凉州词"。据近代学者岑仲勉《唐人行第录》的考证，《全唐诗》第三函高适诗第四卷有《和王七玉门关听吹笛》一首，诗曰："胡人吹笛戍楼间，楼上萧条海月闲。借问落梅凡几曲，从风一夜满关山。"诗押"间""关"二韵，显与王之涣这首《凉州词》相同。故高诗所谓"王七"者，当为王之涣无疑。看来，是王之涣先写了一首《听玉门关吹笛》，然后高适赓和一首，则知《凉州词》或当原题《听玉门关吹笛》为是。果如此，则此诗自应是在玉门关时写的，那么，诗中所写"孤城"，无疑是眼前所见之景，而"黄河"则是诗人出关途经之处。黄河与玉门关虽远不相及，诗人却有权突破眼前实景的局限，而在更广阔的空间范围内展开描写，将他出塞过程中跨黄河、穿凉州、抵玉门一路所见的最典型的景致一并收进同一幅画面里。这样，两句所写一远一近，一动一静，一高一广，相映成趣，"远上白云间"的"黄河"与"万仞山"中的"孤城"形成了三维空间的构图，给人以立体交错的视觉感受，显示出一种雄阔旷远而又荒凉索寞的景象。已故著名学者沈祖棻在《唐人七绝诗浅释》中曾精辟地指出："古人写诗，但求情景融合，构成诗情画意的境界，至于地理方面的方位或距离等问题，有时并不顾及实际情形，因此，不必'刻舟求剑'。"是的，如同前面已经鉴赏过的王昌龄的《从军行》的写法一样，王之涣的这首诗也是唐诗创作中浓缩时空、咫尺万里的典型的一例。

  诗的后两句"羌笛何须怨杨柳，春风不度玉门关"，是抒情，抒远戍生活艰苦和思乡哀怨之情。"杨柳"，这里首先是指乐府《横吹曲辞·折杨柳曲》："上马不捉鞭，反折杨柳枝。蹀座吹长笛，愁杀行客儿。"是用笛子吹奏来表现行人离愁的歌曲；同时，又暗中关合古时（自南北朝以后）折柳送别的习俗。两句意为：羌笛啊你为什么一定吹奏那最易撩动边愁的《折杨柳曲》呢？要知道玉门关外是连一丝春风也吹不到的，更哪有杨柳可供攀折？既然如此，却还让离人空空地听着怨别的《折杨柳曲》，不是会更增加他们的痛苦吗？这样，由怨别的曲名入手，再联想到不可能有自然界春风中的杨柳可供攀折，从而把征人叹远思乡的浓浓愁怨曲曲折折而又淋漓尽致地表达出来，构思尤显新颖奇巧，抒情也更加委婉含蓄。

关于这两句诗的理解，前人曾提出过开掘更深的看法。如明人杨慎《升庵诗话》卷二说："此诗言恩泽不及于边塞，所谓君门远于万里也。"又清人李瑛《诗法易简录》也说："不言君恩之不及，而托言春风之不度，立言尤为得体。"所言颇有道理。唐朝开元后期，在被称作"太平盛世"的背后，以唐玄宗为代表的最高统治集团，已经开始沉湎于荒淫纵乐的生活，日夜忙于斗鸡走马，笙歌沸天，早已忘记玉门关外还有艰苦备尝的远戍征人。诗人王之涣正是面对这种情况，而在极力摹写边关景色之后，语气一转，抒发了如此深刻的感慨：战士们啊，你们何必老是吹奏这幽怨哀伤的《折杨柳曲》，埋怨这里荒凉，连青青的杨柳也没有一棵，好像真能把温暖的春风呼唤到边塞这里来似的；要知道希望朝廷体恤你们的"春风"（依古例，"春风"原可作恩泽讲）是再不会吹到玉门关外来了。如此看来，诗的意义就不仅表达了对远戍征人的深切同情，而且更流露了对朝廷不恤边卒的强烈不满。总之，好诗总是耐人寻味无穷，诱人百读不厌的，读这首诗就能获得这样的体会。

登鹳雀楼

王之涣

白日依山尽,黄河入海流。
欲穷千里目,更上一层楼。

"鹳雀楼",原是建在唐代河中府(今山西省永济市)蒲州城外西南黄河岸边高阜上的一座三层的高楼,与长江流域的黄鹤楼、岳阳楼、滕王阁齐名,并称为中国四大历史文化名楼。站在楼上,眺望远方,是巍巍耸立、绵延不尽的中条山;俯视眼前,是波澜壮阔、滔滔滚滚的黄河水。只因地阜楼高,时有鹳雀来栖,故名鹳雀楼。鹳,鹤类水鸟。雀,亦作鹊。此楼为当时一处游览胜地,唐人登临留诗者甚众。宋人沈括《梦溪笔谈》卷十五称,"唐人留诗者甚多,唯李益、王之涣、畅诸(敦煌所藏唐诗残卷伯三六一九注为畅诸作)三篇能状其景"。其中,李益的诗《同崔邠登鹳雀楼》:"鹳雀楼前百尺樯,汀洲云树共茫茫。汉家箫鼓沉流水,魏国山河半夕阳。事去千年犹恨短,愁来一日即知长。风烟并起思归处,满目非春亦自伤。"畅诸的诗《登鹳雀楼》:"迥临飞鸟上,高榭代尘间。天势围平野,河流入断山。"确均可谓"能状其景"的不俗之作。但比起王诗来,终不免逊色不少,因而流传不广。有必要指出,经过人世沧桑,河道变迁,当年的鹳雀楼早已圮毁,楼基高阜也被淹埋于河心，一切都无从得见了。而到今天，鹳雀楼之所以仍能为人们所熟知，应当说主要就是靠王之涣题写的这首最"能状其景"的绝句《登鹳雀楼》张扬的结果，亦即楼是因诗而名扬天下的。

总体来看，这首诗抒写的是诗人登楼而望的所见和所感。

一、二句"白日依山尽，黄河入海流"，写望中所见，是以工对的形式描绘了夕阳西下时山河寥廓苍茫的壮美景象。一句"白日依山尽"，写日，写山，是顺势向西仰望所见，是实写。句中"白日"一词不可轻易放过。它已然为古代诗人所习用，在汉魏诗中即不乏其例，如曹植《赠徐干》有云："惊风飘白日，忽然归西山。"李善注"白日"为"赤日"。但用在这里，一则表明时辰尚早，是说白日当空，就已开始渐隐山后去了，再则还带上了特殊的情韵，能给人以灿烂辉煌的感受，正好与诗中所表达的积极乐观的精神相一致。第三，又恰巧同下句的"黄河"形成工整的对仗。而"依""尽"二字则生动准确地摹状出一轮白日依偎着、紧贴着起伏的山势渐渐西沉，继而半衔于山，终而全隐山后的壮丽景象。二句"黄河入海流"，写河，写海，是顺势向南俯视所见，有虚拟。"黄河"流贯神州大地，绵亘悠悠万里，在诗人心目中，自然又是一个非凡的意象。当然，此时站在鹳雀楼上，本不可能真正见到黄河由向南折而向东，最终流入大海的实况，句中所写，不过是诗人目送黄河汹涌远去时所产生的一种"心中景"罢了。而"入""流"二字，正形象有力地展现出它那滔滔滚滚、浩浩荡荡、一泻千里、奔腾排荡的雄放声势。总之，一、二两句描写望中所见的灿灿白日、滔滔黄河，真是经天纬地，彰显出何等的宏丽壮美！

但是，诗人显然并未以已经见到如此宏美的景观为满足。因为，他清楚地知道，"依山尽"的"白日"只不过隐于"山"

后罢了，其实它此时仍在冉冉西坠，然后才最终落到地平线下，而"入海流"的"黄河"映入自己视野的，也仅限于此时目力所及的一段，其实于目力所及之外的更远处，它仍在奔腾咆哮，滚滚东流，以至最后才归入浩瀚大海，而可惜这些都无法见到了。为什么呢？当然是站位不高，视线受阻的缘故。那么，要想改变现状，以便继续追踪、观赏它们，该怎么办呢？这就正好水到渠成地引出下面三、四句。

"欲穷千里目，更上一层楼"，抒望后所感，是以流水对的形式赋予了诗中的景物描写以更丰富的内涵。请注意，对"更上一层楼"的理解不宜过于拘泥：认为诗的前两句所写确是诗人站在楼的第二层所见，现在是表达他想再登上第三层继续观赏的愿望，固然持之有故，即便看成诗的前两句所写，是诗人已经登上楼的第三层所见，现在是抒发有楼的更高层可登以便继续观赏的设想，也同样言之成理。正如清人胡本渊《唐诗近体》引王尧衢曰："首二句已尽目力所穷矣，下作转语，言若欲穷目力之胜，庶此楼能再上得一层更好。此诗人题外深一层作此虚想也。"总之，它不仅鲜明地表达了诗人积极进取、勇于攀登的思想情怀，而且，于有意无意间揭示了"登高方能望远"的深刻哲理，从而使全诗在已经写出的荡人胸怀的景趣的基础上进一步升华出一层启人心智的理趣来。中唐诗人张籍《书怀寄王秘书》有"下药远求新熟酒，看山多上最高楼"之句，或许就是受了王诗此句的启发而写成的。说到底，"更上一层楼"，它完全可以被看作唐王朝走向全盛期的时代精神的生动反映，而且，客观上已经具备了普遍意义的格言的品格，成为一种历史使命的呼唤，一种人生追求的憧憬，从而千百年来感发着、激励着一代又一代无数的读者勇于攀登，奋进不已。清人沈德潜《唐诗别裁集》评这首诗"四语皆对"，但"读去不嫌其排，骨高故也"。诚然，"骨高"，思想境界的高迈，正是这首诗的不朽的价值之所在。

最后，关于此诗的作者问题，还须稍作辨正。唐人芮挺章《国秀集》署此诗为朱斌作，南宋范成大撰、汪泰亨等增订的《吴郡志》卷二二引唐张著《翰林盛事》认此诗为朱佐日作，宋《文苑英华》署此诗为王之涣作。今人陈尚君断《国秀集》说可从，而以为"之涣作此诗为晚出之说，未可尽信"（见傅璇琮主编《唐才子传校笺》第五册第84—85页）。但却如袁行霈主编《中国文学史》所指出的："《国秀集》之《序》及选目断限均存疑点，选者似于所选诗人、诗作不甚了然。"今细检《国秀集》，其中选杜审言诗五首，然杜氏殁于开元以前五年，非开元以来人，显与楼颖《序》所宣称以"自开元以来"为选目上限相矛盾，疑点一也。又集中有"尚书右丞王维"之标目，然"尚书右丞"之职乃王氏六十岁〔上元元年（760）〕时始升任，实已晚于此集编定十六年之久，则知此标目绝非原选本所能有，疑点二也。又南宋人之后《序》明确指出："此集《唐书·艺文志》洎本朝《崇文总目》皆阙而不录，殆三馆所无。"而今见本系至北宋元祐（1086—1094）年间由"得之鬻古书者"，再经"借录"而成，是知此集确否为原貌也大成问题，疑点三也。由上述三疑点足证《国秀集》之说也并非绝对可靠。况《文苑英华》为宋初官修"四大书"之一，其编者如李昉、徐铉、苏易简等皆饱学之士，其治学之严谨、资料搜集之富赡应不待言，且成书后又历经不下四次校订，则既以此诗作者署为王之涣，料想绝非轻易张冠李戴而必有所据者。再细玩此诗，其风格情调之雄放高迈，亦确与王氏之《凉州词》极为相似。又鹳雀楼在蒲州（今山西省永济市），与王之涣家乡绛州（今山西省绛县）相距不远，且交通便利，故王之涣之曾登鹳雀楼完全当为情理中事。鉴于以上诸端，我们认为，在未能给出足够的否定证据之前，仍以将此诗系于王之涣名下为妥。

峨眉山月歌

李 白

峨眉山月半轮秋,影入平羌江水流。
夜发清溪向三峡,思君不见下渝州。

  这首诗的作者李白(701—762),字太白,号青莲居士,自称祖籍陇西成纪(今甘肃省静宁西南),隋末其先人流徙碎叶(唐时属安西都护府,在今吉尔吉斯斯坦北部托克马克附近)。李白即出生在那里。他五岁随父迁居绵州昌隆(今四川省江油市)青莲乡。少时即显露过人才华,吟诗作赋,博学广览,并好仗义行侠,怀有辅弼(辅佐君主的宰相)之志。二十五岁出蜀,长期在各地漫游,对社会生活多有体验。三十岁时首入京城长安,无果而出。天宝初(742)受召再入长安而供奉翰林,因其生性傲放,屡忤权贵,终遭排诬,实仅历时一年有余即被玄宗"赐金放还"。天宝三载(744),在洛阳结识杜甫,成为终生挚友。天宝十一二载三入长安,欲面陈救危之议于玄宗,复终以根本无望而离开。安史之乱中出于平叛动机,曾入永王李璘幕。不久受璘败牵累,长流夜郎,所幸途中遇赦东归。晚年漂泊困顿。最后衔着壮志未酬的遗憾,病卒于其祖叔、时任当涂(今安徽省当涂县)县令李阳冰处。享年六十二岁。李白是继屈原之后最具个性特色和浪漫精神的诗人,他的作品达到了盛唐浪漫主义诗歌艺术的巅峰。历来与伟大的现实主义诗人杜甫并称"李杜",且享有"诗仙"之誉。

《峨眉山月歌》这首七言绝句,作于唐玄宗开元十二年(724)秋诗人二十四岁即将出蜀之际,是他早期的一首名作。诗人自开元十年(722)隐居在峨眉山的青城山,一直到他两年后"仗剑去国,辞亲远游"时才离开。峨眉山,位于今四川省中部峨眉山市西南,以有两峰相对如峨眉而得名。主峰万佛顶海拔3099米,峰峦挺秀,山势雄伟,誉称"峨眉天下秀",为全国重点风景名胜区,也常被人们用来代指蜀地。

从诗中所写内容看,诗人写此诗时已经在离开峨眉山进入乐山市境内的途中了。他离别自己生活过的地方,离别所熟悉、所热爱的峨眉山水,心中生起一种依依难舍之情是十分自然的。这首诗正是通过由乐山市的清溪乘舟夜行,沿着平羌江向三峡、下渝州的途中所见,深情地歌咏了作为故乡、作为亲人象征的峨眉山月,表达了对故乡、对亲人的眷恋之意。

全诗分两层。

前两句"峨眉山月半轮秋,影入平羌江水流",为一层,写乘舟夜行中所见"峨眉山月"之景。"半轮",半圆。"平羌江",即今青衣江,源出于四川省芦山县,流经乐山市入岷江。诗句说诗人即将出蜀,夜行江上,只见经常在峨眉山上高悬的半圆秋月的倩影映入平羌江水中,随着诗人所乘的轻舟一同前移,像是也在惜别依依地相伴送行。这景象,该会让人何等地动情啊!

诗的后两句"夜发清溪向三峡,思君不见下渝州",为一层,直抒诗人对峨眉山月也就是对故乡亲人挂念的难舍之情。"夜发清溪向三峡"的"三峡",不应为通常所说今重庆市东奉节县的瞿塘峡、巫山县东的巫峡和湖北省宜昌市西北的西陵峡，而当如《乐山县志》所载是指乐山市境内的黎头、背峨和平羌三峡。因为此三峡位于四川省中部，由此东行才适恰可达渝州（今重庆市），否则，"向三峡"后边的"下渝州"就找不到着落了。"夜发清溪"的"清溪"，为地名，位于黎头峡上游。而"思君不见"的"君"，指峨眉山月，是拟人化用法。两句诗强调，在清溪出发时尚可见到的平羌江水映出的一直跟随前行的半圆月影，当船驶入黎头、背峨、平羌三峡狭窄的地段以后，因被崇山峻岭遮挡就再也见不到了。于是，不禁平添一层怅惘之情。

就全诗来看，诗人将要离别故乡，无疑是有些惋惜的，但并无悲伤，原因在于诗人是胸怀"已将书剑许明时"（《别匡山》）的"四方之志"而有此行的，所以临别时虽不免依恋之情，却并无愁苦之态。

这首诗艺术上的一个显著特点是纪行、写景和抒情的完美结合。在诗中，"景"是行进中所见之景，"情"也是行进之中所生之情，而"行"本身，又是靠着这特定的景和情自然地体现出来，可以说，景、情、行三者是水乳交融、浑然一体的，这样，就构成了一幅富有诗意的秋江朗月行旅图，能给人以艺术美感的享受。

这首诗艺术上的另一突出特点是连连以地名入诗而自然成趣。这一点，早有人注意到了。如清人赵翼《瓯北诗话》说："四句中用五地名，毫不见堆垛之迹，此则浩气喷薄，如神龙行空，不可捉摸，非后人所能模仿也。"当然，诗人之所以能做到这一步，并非"不可捉摸"，说到底，是由于此处所用地名，不仅是出自纪行的需要，更是诗中写景、抒情必不可少的依托缘故，且无论后两句如去掉地名将根本不可能成为诗句，即使将前两句中的地名略去,而剩下"山月半轮秋,影入江水流",虽仍能成句,却势必失去诗人夜间舟行的特定情景,而诗人的行踪和思想感情也无从表露了。

闻官军收河南河北

杜 甫

剑外忽传收蓟北,初闻涕泪满衣裳。
却看妻子愁何在,漫卷诗书喜欲狂。
白日放歌须纵酒,青春作伴好还乡。
即从巴峡穿巫峡,便下襄阳向洛阳。

作为我国古代伟大的现实主义诗人,杜甫诗歌的一个显著特色,就是其中渗透着对自己祖国的一腔赤诚。他的全部诗歌创作清楚地表明,他始终是把自己的命运同国家的命运密不可分地联系在一起的。他的喜忧哀乐思想感情的变化,完全是以国家盛衰起伏的形势发展为转移的。当着山河破碎、国运危艰的关头,他忧深似海,愁重如山,哪怕冬去春来自然现象的递嬗,也要勾起他的伤心落泪,如《春望》就是典型的例证;而一旦大乱初定、消息忽传之时,他又兴高采烈、欣喜若狂,居然孩子般地得意忘形,《闻官军收河南河北》则是这方面的典型例证。

《闻官军收河南河北》,一题为《闻官军收两河》,写于唐代宗广德元年(763)春天。当时,诗人已是五十二岁的老人了,为因成都一带军阀混战,而正以"白头短发垂过耳"的衰羸之躯,拖家带眷地流落在梓州(今四川省三台县)避难。

诗题中的"官军",指朝廷的军队。在杜甫写这首诗的前一年（762）十月间，唐朝廷以太子李适为天下兵马大元帅，统领各路大军十余万，由陕州（今河南省三门峡市地界）发起总反攻，一举收复东京洛阳，又乘胜追击，先后平定河南郑、汴诸州郡。同年十一月，再进军河北，叛军将领薛嵩、李抱玉、李宝臣（原姓张，名忠志）、田承嗣、李怀仙等，纷纷纳地投降。到了下一年，也就是杜甫写这首诗那年正月，叛军首领史思明的儿子史朝义最后兵败自杀（见《资治通鉴》卷二二二）。至此，延续了七年零三个月的安史之乱终于结束。这一胜利喜讯迅速传遍全国，当时漂泊在梓州的杜甫得知这一消息，受到极大的震动和鼓舞，多年郁积心底深处的复杂炽烈的感情，犹如火山爆发般地喷迸出来，从而写成了这首传诵千古的七言律诗。

这首诗所表达的，是诗人乍听到全国胜利喜讯的一刹那所激起的一波感情浪潮。依照表达侧重点的不同，可将全诗分为前后两个层次。

诗的前四句为一个层次，是通过典型细节的描绘，极写诗人乍听到胜利喜讯时的狂欢之状。

"剑外忽传收蓟北"，首句叙事点题，宣告了胜利喜讯的迅速传来。"剑外"，剑阁以南，这里指蜀地。当时杜甫住在梓州，梓州隶属蜀地，所以称剑外。"蓟北"，蓟州以北，在现今河北省北部一带，当时为安史乱军根据地范阳辖区。剑外地处西南，蓟北地处东北，实际相距数千里，而着以"忽传"二字，就把两地紧紧地连接起来。"忽传"，一方面道出了喜讯迅速传播的实情，因为平定叛乱是全国人民盼望已久的大事，如今终于实现了，这消息自然能够不胫而走，迅速地传遍全国。一个"忽"字，把消息传播的迅疾声势和人们奔走相告的热烈情景充分地显示了出来。另一方面，"忽传"也表明作者突如其来、事出意外的主观感受。本来，平定叛乱，使全国重归统一，是"自经丧乱少睡眠"的诗人朝思暮盼、汲汲于怀的夙愿,但世上的事偏是平日希望,来时却又感到突然,平时越盼得心切,来时也就越觉得意外,这是人们常有的一种心理现象。诗人早也盼,晚也盼,如今,终于盼来了叛乱平定的一天,他倒觉得来得突然,出乎意外了。一个"忽"字,正把诗人当时这种特定的心态活脱脱地展露了出来。

"初闻涕泪满衣裳",接着写诗人乍听到胜利消息时喜极而泪的反应。"初",刚刚。"涕",上古是指眼泪,泗才是鼻涕。中古以后,逐渐由新起的泪代替了涕,随后涕代替了泗,泗一般也就不用了。这里"涕泪"连用,均指眼泪。"裳(cháng)",古时指下身衣裙,男女皆服。此处"衣裳",指全身衣服。全句是说,诗人一听到胜利喜讯时,竟立刻眼泪夺眶而出,止不住地涌淌,连衣服都被浸透了。由此见出诗人确已激动到了极点。一个"满"字,既表明了流出的眼泪之多,也让人想见诗人当时百感交集、惊喜泪飞的情状。金圣叹《杜诗解》评此句说:"先生在剑外,刻刻思归洛阳,为因祸乱未息,朝中绝无动静,反放下念头过日子,谓不知何年、何月、何日、何时,得听好消息。今一传到耳,且不问事之虚实,不觉大喜遍身。喜极反泪,此亦人心之常,勿作文章反跌法念去了也。"是的,人的思想感情的外现本非一途。正如当代美学家王朝闻所说:"温柔可能是充满力量的,粗暴有时恰恰是软弱的表现,不谦虚不诚恳,有时是用谦虚和诚恳的姿态表现的。很悲哀时可能发笑,快乐得很也可能哭。"(《王朝闻文艺论集》第2集第9页)诗人正是在长期的颠沛流离之中,熟视着山河破碎的乱象,看尽了人民苦难的惨状,国忧民瘦,郁结于心,将此化作了对于平定叛乱的渴望。如今,叛乱真的平定了,山河破碎的局面终于结束了,人民苦难的生活眼看告一段落了,那么,面对此情此景他竟然"大喜遍身","快乐得很",乃至喜极而"哭","哭"得"涕泪满衣裳",难道还有什么奇怪吗？

"却看妻子愁何在",进一步写诗人喜极而泪后的神态。句中"却"字,是连词"且"的意思,表示前后两个动作的紧密相承。清人刘淇《助字辨略》卷三云："此且字,两务之辞,言方且如此,又复如彼也。""妻子",妻与子的合称。这句是说,一等自己情绪稍定,就马上去看老伴和孩子们的表情,发现他们也早就转忧为喜,连一点愁苦的影子都没有了。值得玩味的是,诗人本正述说自己的兴奋和喜悦,为什么马上转而牵扯到老伴和孩子呢？这是因为,在过去长期颠沛流离的岁月里,老伴和孩子们同自己一样饱尝了战乱之苦,他们在诗人的感染之下,也都具有忧国忧民的情怀,整个家庭也常年笼罩在愁云苦雾之中。如今喜讯忽传,理当及时告诉家人,于是有"却看"的表现。"却看",正见出诗人要与家人共享胜利喜悦的情态。"愁何在",则以反问语气强调了老伴和孩子们得知战乱平息的喜讯后,个个脸上平时的愁云都已消解殆尽,早转为笑逐颜开的神情变化。

"漫卷诗书喜欲狂",具体写诗人与家人共庆胜利时的狂欢之状。在共庆胜利中,是诗人的兴奋和激动感染了老伴和孩子；反转来,老伴和孩子们喜悦的神情又鼓舞着诗人。于是,他的兴奋和激动进一步升级,竟然达到了喜极而狂的程度。"漫卷诗书",正是诗人喜极而狂的行动表现。"漫卷",就是胡乱地卷起来。在唐代,雕版印刷尚不普遍,书籍多是写在纸上或帛上,然后卷在卷轴上,读书时要慢慢展开,读完后再慢慢卷起。"诗书",是诗集和书籍的合称。本来"读书破万卷"的诗人,现在再也无心埋头伏案苦读了,不仅无心苦读,就连把它们好好卷起的工夫也没有了。为什么会如此呢？"喜欲狂"则明确揭示了这举止反常的心理原因。想想看,诗人已经欣喜到了简直要发狂的地步，哪还有工夫去按部就班地慢慢卷起那些宝贝呢？这里，切不可轻易放过"喜欲狂"的"喜"字：国家重获统一，是一喜；社会再得安定，是二喜；生活复归平静，是三喜；家人又能团聚，是四喜；返乡也好如愿，是五喜。五喜临门，喜何如哉？于是，"喜"而"欲狂"，也就是十分自然的事。从全诗感情发展的线索看，如果说前面的喜极而泪还是诗人欣喜激情的洪峰乍起的话，那么，这里的泪后欲狂则就是诗人欣喜激情的波涛翻滚了。

　　诗的后四句为另一层次，是借助浪漫主义的手法，特写诗人欢庆胜利中的狂想之情。

　　"白日放歌须纵酒"，这是狂想之一。"白日"，指灿烂的阳光，也兼有妖氛尽扫、丽日当空的含义。今按，"白日"一作"白首"，但二者虽各有其版本依据，而全面衡量，却终以"白日"为优。其理由除了如当代学者廖仲安先生《"白日"还是"白首"》一文从考据学与声律学的角度所强调的以"白日"对"青春"，既有《楚辞·大招》"青春受谢，白日昭只"的根据，显得典雅而美丽，又可避开以"白首"对"青春"则"首"即与本句末"酒"字隔字叠韵的声病之外，另从语义学的角度考虑，毫无疑问，以"白日"的光明磊落象征当时平叛奏凯的政治局面，也较以"白首"的老态龙钟揭示自己写诗时的实际年岁更为符合整首诗的抒情氛围，更适宜于点化昂扬高远的艺术境界。故择善而从，我们还是取"白日"而舍"白首"。"放歌"，放声高歌。"纵酒"，纵情喝酒。而"须"字，则强调了"放歌"与"纵酒"这种欢庆活动的不可或缺。全句是说，在这风和日丽的大好时光，只有放声高歌和开怀畅饮才能尽情抒发胜利的狂欢。《毛诗序》说："在心为志，发言为诗，情动于中而形于言，言之不足，故嗟叹之，嗟叹之不足，故咏歌之。"现在的情形就已经达到了非纵情欢歌不足以抒发内心激情的地步了。而开怀畅饮竟至于"纵"的程度，更可想见诗人那种激情四溢、一醉方休的状貌。

"青春作伴好还乡"，这是狂想之二。"青春"，指春天，春天草木新生，山清水秀，所以说青春。"还乡"，指回到诗人幼年生活过的东都洛阳。诗人自注说："余田园在东京。"东京就是洛阳。自从安史之乱爆发携带着妻儿老小开始逃难那天起，诗人对家乡的思念从来没有消减过。何止没有消减，简直是与日俱增的！如诗人流落蜀中时期，肃宗上元元年（760）所写《恨别》一诗中曾深沉地表示："洛城一别四千里，胡骑长驱五六年。草木变衰行剑外，兵戈阻绝老江边。思家步月清宵立，忆弟看云白日眠。"代宗宝应元年（762）所写《大麦行》一诗中又痴情幻想："安得如鸟有羽翅，托身白云还故乡！"而同年稍后所写《奉送严公入朝十韵》一诗中更是信誓旦旦："此生那老蜀，不死会归秦！"足见他思乡之殷，盼归之切。现在好了，"蓟北"已经收复，平叛终于胜利，"还乡"的愿望理当可以实现了。在这种情形下，诗人萌发趁着山清水秀的大好春光重返家乡的念头，就完全是在意料之中了。

"即从巴峡穿巫峡，便下襄阳向洛阳"，这是狂想之三。"即"，是就的意思。"巴峡"，具体地点不详，或说在巴江之上，或说在巴县境内。今按，从梓州的方位以及下文所构想的先由水路出峡东下，抵襄阳，再转陆路北向洛阳的行进路线看，当为沿涪江而入长江，巴峡则应在这一段水流间。当代学者廖仲安先生根据清代人仇兆鳌《杜少陵集详注》引"旧注"说"巴县有巴峡"，以及另首杜诗《题忠州龙兴寺所居院壁》"忠州三峡内"一句注解中又引赵注说"三峡以明月峡为首，巴峡、巫峡之类为中，东突峡为尽"，而推测出："在明月峡与巫峡之间，还有一个巴峡。"这一推测有理有据，可备一说。"巫峡"，长江三峡之一，西起重庆市巫山县，东至湖北省巴东县。"穿巫峡"，即穿过长江三峡之意。郦道元《水经注》云："巴东三峡巫峡长。"巫峡在长江三峡中居首，故举之以概其余。"便"，亦就意。这两句，紧承前句"还乡"二字生发，具体规划了还乡的路线，说是先通过巴峡、穿过巫峡，再直下襄阳、转向洛阳。"从"，这里用作动词，是顺势通过的意思。巴峡、巫峡，山高江狭，水流湍急，故分别着一"从"字、"穿"字，以表达在山峡曲折中顺流疾驶的情景，十分传神；而出川入鄂，山远水阔，故着一"下"字，以显示在江水平流中舟行轻捷的情景，相当生动；再自襄阳舍舟登车，改走陆路，故着一"向"字，以强调马不停蹄直指洛阳的情景，也非常贴切。尤其两句中挨次拈出四个地名，并用上述四个动词加以连接，竟把还乡路线描述得那样具体和得势，确实给人以一气贯注、其疾如飞的感受。尽管这条路线是那样绵远，并须水陆换乘，但这一切都无关紧要，好像诗人早已定好水陆联运的通票，根本不必顾虑途中会有办理车船转换手续的麻烦，而一路畅行无碍，指日可达故乡，是不在话下的。读着这样的诗句，人们甚至会感到不是在听取诗人做还乡路线预想的说明，而是已经跟随诗人一起踏上还乡的征程了。之所以会产生这样强烈的艺术效果，自然是由于这样的诗句恰到好处而又淋漓尽致地表达了诗人归心似箭的激情。

　　由以上分析可以看出，这首诗是写诗人刚刚听到官军收复河南河北胜利消息刹那间所激起的异常兴奋、喜悦的心情，表现了他衷心拥护平定叛乱，深情欢庆祖国重归统一的强烈的爱国之情。应当看到，作为伟大爱国诗人杜甫的这种感情，是由当时社会现实生活所激发，并为当时社会现实生活所规定的典型感情。所以，它一方面是诗人内心活动的真实记录，具有鲜明的个性特征；另一方面，又是诗人那个战乱时代一切善良人们共同心理的生动反映，具有普遍的社会意义。这首诗的思想价值，正在于此。

这首诗在艺术上也取得了突出的成就。唐代大作家韩愈在《荆潭唱和诗序》一文中曾强调指出："欢愉之辞难工，而穷苦之言易好。"这确实是经验之谈。而《闻官军收河南河北》，正是写"欢愉之辞"，它的"难工"，本不待言；加以诗中所写，又集中在诗人"初闻"喜讯刹那间的感情变化，情节虽能动人，但不易写好。然而杜甫毕竟无愧为"诗国"大手笔，全诗短短八句五十六个字，经过他高超的艺术处理，居然举重若轻地写出了如此丰富多彩、绚烂夺目的生活场景，既使人读时顿生应接不暇之感，又让人读后发出从容圆满之叹。总之，在诗中，热烈的艺术表达与冷静的心理解剖达到了高度完美的统一。其所以能够如此，主要是得力于以下几点：

第一，通篇采用了"赋"法。在诗中，第一句是直接叙事，其余七句则是直接抒情，这就形成了全诗八句冲口而出、一气呵成、流利自然的特色。清代人浦起龙《读杜心解》评此诗说："八句诗，其疾如飞……生平第一首快诗也。"正是指此而言。就这样，在诗中，火山爆发一样的炽热情感，借助于擅长铺叙的"赋"的手法，得到了力透纸背、淋漓痛快的表达，不仅充分展示出诗人当时喜极而狂的神态，而且强烈感染着千百年来一代又一代的读者。看来，"赋"作为一种表现方法，不仅不应一概贬斥，相反，如果运用得当，还能使诗篇灿然生辉。杜甫这首诗就是运用"赋"法成功的例子。

第二，曲折顿挫的章法。如前条所述，这首诗通篇采用了"赋"法，但"赋"法并不等于平铺直叙，其实，它同样以章法上的曲折顿挫为上乘。在这方面，这首诗也做出了典范。清代人施补华《岘佣说诗》曾对此做过精到的阐发，他说："'剑外忽传收蓟北',今人动笔,便接'喜欲狂'矣。忽拗一笔云:'初闻涕泪满衣裳',以曲取势。活动在'初闻'二字,从'初闻'转出'却看',从'却看'转出'漫卷',才到喜得还乡正面,又不遽接还乡,用'白首(日)'一句垫之,然后转到还乡。收笔'巴峡穿巫峡','襄阳下(向)洛阳',正说还乡矣,又恐通首太流利,作对句锁之。即走即守,再三读之思之,可悟俯仰用笔之妙。"所谓"即走即守",所谓"俯仰用笔",都是对这首诗曲折顿挫的章法特色的总结和概括。正因为如此,所以这首诗除具有一气贯注的基调之外,还体现出一种摇曳多姿之美。

第三,现实描绘与驰骋想象并举。在诗中,既描述了诗人欣喜欲狂的现实的情状,又抒写了诗人欢庆胜利和返回故乡的未来的构想,运用这种现实主义与浪漫主义相结合的艺术方法,就尽可能多地增加了这首诗的感情容量和思想深度,并使这种思想感情得到更为酣畅淋漓也更为曲折有致的表达,从而取得更强烈的艺术效果。

第四,爽朗明快的语言。这首诗是用七律的形式表现欣喜欲狂的感情,而律诗本来有不少清规戒律,比如中间两联必须对仗等,如果作得不好,很容易流于板滞和沉闷。这首诗却能够巧妙地通过语言的变化,赢得对激情的理想表达。如诗中特别善于吸取散文的虚词"忽""初""却""漫""即""便"等来上挂下连,又如诗的末联还着意采取了当句对与流水对套用的形式,使声调的铿锵与语势的流畅兼得并具,从而在最大限度内变板滞为明快,化沉闷为爽朗,使全诗既富于律对的音乐美,又具有散行的灵活性,读来如行云流水,特别悦人耳目。

滁州西涧

韦应物

独怜幽草涧边生，上有黄鹂深树鸣。
春潮带雨晚来急，野渡无人舟自横。

这是一首山水诗。作者韦应物（约737—791），中唐著名诗人。他出身于高门望族，早年因仪容英俊，袭门资恩荫而进入宫廷，以"三卫郎"（皇宫卫士）事玄宗，任侠使气，放浪不羁。他在《逢杨开府》诗中说自己："少事武皇帝，无赖恃恩私。身作里中横，家藏亡命儿。朝持樗蒲局，暮窃东邻姬。司隶不敢捕，立在白玉墀。"可见其少年荒唐、恃宠骄横之状。玄宗殁，始悔而折节读书。历任洛阳县丞，京兆功曹，滁州、江州刺史，改左司郎中，官终苏州刺史，世称"韦苏州"。其诗以表现山水田园风物者为最有特色。白居易评他这类诗"高雅闲淡，自成一家之体"（《与元九书》）。《滁州西涧》这首诗，就集中地体现了这一特色，是他的主要代表作之一，也是整个唐代山水诗的名篇。

韦应物于建中二年（781）出任滁州刺史，兴元元年（784）冬罢任。次年，也就是贞元元年（785）春夏间，闲居于滁州西涧。《滁州西涧》这首诗，约写于这一年春天。

滁州，唐时属淮南道，治所在清流县（今安徽省滁州市）。

"涧",两山之间的流水。滁州州城,四面环山。西涧在滁州城西门外,俗名"上马河"。入宋后,此涧已淤塞不存。难怪曾引起如《唐诗品汇》所载宋人欧阳修的疑猜:"滁州城西乃是丰山,无西涧,独城北有一涧水,极浅,不胜舟,又江潮不到。岂诗人务在佳句而实无此景邪?"

这首诗所描绘的,是滁州西涧在春雨来临前后这一特定时段的自然景色。

全诗可分两层。

诗的前两句为一层,是泛写滁州西涧的暮春景色。在这一层,诗人集中地给予了滁州西涧暮春时节最富于特征性的景物——草和鸟以色彩鲜艳的渲染。

第一句"独怜幽草涧边生",集中写草。草是"幽草"。"幽",此处意为幽僻。杜甫《有客》诗有句云"幽栖地僻经过少",那"幽"字,就是用这个意思。幽草,表明草是长在很少有人光顾的荒僻之地;而这荒僻之地,就是"涧边"。"涧边生"的"生"字,点出草虽地处荒僻的涧边,却依然欣欣向荣地长着。诗人雅爱自然,他来到西涧涧边,一眼望去,只见绿草如茵,一派生机,精神不禁为之振奋。这幽草不正标志着新的一年的开始,不正表明世间新生事物顽强的生命力吗?于是,诗人从幽草看到了希望,转而对它也偏爱起来,所以说"独怜"。"独怜",就是"偏偏喜爱"的意思。同时,这"独怜",也透露着诗人安贫守节、自甘寂寞。史载,他晚年"为性高洁,鲜食寡欲,所居必焚香扫地而坐"。平日,唯与顾况、刘长卿、皎然之俦酬唱往还,而对晋代隐逸诗人陶渊明非常向往,并写了不少追慕陶渊明的所谓"效陶"诗。陶渊明宁可"夏日长抱饥"(《怨诗楚调示庞主簿邓治中》),不肯"向乡里小儿""折腰";韦应物则甘愿"投迹在田中"(《答畅校书当》),无心与权贵周旋，思想性格与陶何等相投。难怪明代人胡震亨《唐音癸签》提出："韦与陶千古并称，岂独以其诗哉？"而此处"独怜"云者，正见出诗人恬淡不群、超然尘外的志趣。

第二句"上有黄鹂深树鸣"，则集中写鸟。鸟是"黄鹂"。黄鹂就是黄莺，黄莺叫声特别婉转动听。"深树"，树林深处。欧阳修《醉翁亭记》开头，曾描写滁州的自然环境说："环滁皆山也。其西南诸峰，林壑尤美。"可见，这西涧，正位于"尤美"的"林壑"之中。所以，这里写深树，并非虚笔或夸张，而是写实。一个"深"字，统摄了空山寂谷、林木繁茂的景象。就在这林木繁茂的深处，黄莺在婉转动听地啼叫，更给这西涧增添了诱人的生意。

以上两句，合起来看，是写雨前见闻。"幽草涧边生"，是写眼前所见；"黄鹂深树鸣"，是写耳边所闻。通过眼见耳闻，构成了一幅风和日丽而又清幽安谧的西涧春景图。韦应物很善于创造这样的意境，如他的《幽居》诗"微雨夜来过，不知春草生"就写得生意盎然而又清幽安谧。值得玩味的是，这里特别敲响黄鹂的鸣声，不仅增添了新春的生意，而且反衬了环境的幽寂。正如当代学者钱钟书先生《管锥编》所说："寂静之幽深者，每以得声音衬托而觉其深。"诗人在这里正是巧妙地运用这一艺术辩证法，取得了"蝉噪林逾静，鸟鸣山更幽"（南朝梁代诗人王籍《入若耶溪》）的良好效果。总之，以上两句，通过俯瞰幽草，仰听莺鸣，就把读者带到了一个春景宜人而又幽寂偏僻的苍山野渡。

诗的三、四句为一层，是特写滁州西涧傍晚时分的雨中景象。这一层，诗人着意描绘了春雨中渡口处潮涨舟横的特定情景。

第三句"春潮带雨晚来急"，着意写潮。潮是"春潮"。"春"字点出时令，"潮"字表明涧水上涨。春天河水上涨，叫春潮，又叫"桃花汛"。"带雨",夹带着雨。"带"字与下边"晚来急"的"急"字紧相呼应,传达出傍晚时分,因下雨而潮涨流急的情势。全句是说,傍晚时分,下起了潇潇春雨,雨催潮涨,顿时涧中流水也显得急骤起来。这里写春雨春潮,表现了富于生气的春景的又一方面。

第四句"野渡无人舟自横",紧承上句"春潮"之"急"而着意写船。"野渡",荒僻的渡口。"舟自横",指船泊在渡口,一头系着缆绳,另一头可以自然摆动;因为潮涨流急,船漂浮在水面,就随着潮流的冲刷而簸来荡去,时竖时横。全句意思是:这本来就很荒僻的渡口,因为天晚雨急,更是无人摆渡;现在只剩下系在岸边的小小渡船,在雨打潮冲之下,横来竖去地漂荡不定。请注意,这里的"舟自横",既是写眼前景,又包含了诗人的匠心独运:舟"自"而"横",这不仅照应了上联的"幽"和"深",而且坐实了本句的"野"和"无",从而收尽了野渡无人的静态,找足了潮涨流急的动象。这是全诗的结穴,也是一篇的"警策"。正因为有了这样深厚的含蕴,起着这样关键的作用,所以也就成了千古传诵的名句。

第三、四句,合起来看,是写雨中见闻。在这里,诗人是把描写的镜头对准了西涧渡口:"春潮"句突现了涧水潮涨流急;"野渡"句强调了渡口清寂无人。这样写,不仅圆满地完成了诗题写"涧"的要求,而且通过诗的节奏由缓而急的转换、诗的意境的进一步开拓,诗的内容也就显得更加深厚蕴藉了。

关于这首诗的思想意义,历来理解存在歧异。如一种意见认为"独怜幽草涧边生,上有黄鹂深树鸣"两句是刺"君子在下,小人在上"的(按,此说为南宋人谢枋得首倡,说见其所编撰《唐诗绝句注解》),这在今天看来,无疑属于穿凿之论,是不足为训了。但也有人走向另一极端,干脆提出"此偶赋西涧之景,不必有所托意"（按，此说为清代人王士禛所持，说见其所编撰《唐人万首绝句选》）。这在我们看来，则是一种作品旨意虚无之论，也同样不能令人满意。

就一般常识而论，写景诗当然首先应有逼真的景物描写。但仅仅有了逼真的景物描写，是否就可以称得起好的写景诗了呢？回答是否定的。这是因为，任何文艺作品，总是以表现人的社会生活、思想感情为终极目标的；即便有些作品，如写景诗，人物形象的描写并不占主要地位，甚至根本不出现人物形象，而通过所描写的内容，体现出作者的精神风貌。就是说，总要让人读过这类作品，不但如历其事，如临其境，并且如晤其人，如会其心。高尔基说过："文学是人学。"这应当是包括了全部文学作品在内的，写景诗自也不能例外。

现在用这一标准衡量，应当说，《滁州西涧》是一首高水平的好诗。全诗正是通过对涧边青草、深树莺啼、傍晚潮雨、野渡舟横的一系列富有特征性的景物描写，不仅表现了春天里充满生命活力的大自然，而且反映了诗人向往自然、恬淡自适的生活情趣。

这首诗最突出的艺术特色，就是以动求静，动中见静。全诗四句，可以说句句写的都是动景："幽草涧边生"，是写草的欣欣向荣的长势；"黄鹂深树鸣"，是写鸟的活跃欢快的叫声；"春潮""晚来急"，是写潮涨流急的状貌；"野渡""舟自横"，是写船的自然摇摆的情形。而所有这些，却又正好从总体上构成了滁州西涧荒僻清寂、野渡无人的"静"的意境。

这首诗以其独特的成就，赢得了历代读者的喜爱。北宋诗人欧阳修因为喜爱这首诗，曾亲自把它写成了条幅，还在条幅的末端题了词，详细地介绍了西涧的具体环境。而诗中"野渡无人舟自横"一句，更被他引用到自己的词作《采桑子》中：

"残霞夕照西湖好，花坞蘋汀，十顷波平，野岸无人舟自横。"欧阳修的《采桑子》是组词，共十三首，是他晚年隐居颍州时所作。词中的"西湖"，自非杭州西湖，而为颍州西湖，在今安徽省阜阳市西北，颍水与诸水汇流处。湖有三里长、十里广，风景颇为佳胜。欧阳修亲自书写并直接引用这首诗，证明他对这首诗喜爱之深，也证明他受韦应物影响之大。

据有关资料记载，宋徽宗宣和年间，画院一次以命题画考试画工，即以此诗"野渡无人舟自横"之句为题。另据北宋僧惠洪《冷斋夜话》记载："王荣老尝观于观州，欲渡观江，七日风作不得济。父老曰：'公箧中必蓄宝物，此江神极灵，当献之，得济。'荣老顾无所有，唯玉麈尾，即以献之，风如故；又以端砚献之，风愈作；又以宣包虎帐献之，皆不验。夜卧念曰：有黄鲁直草书扇头，题韦应物诗曰：'独怜幽草涧边生，上有黄鹂深树鸣。春潮带雨晚来急，野渡无人舟自横。'即取视之，惝恍之际，曰：'我犹不识，鬼宁识之乎？'持以献之，香火未收，天水相照，如两镜展对，南风徐来，帆一饷而济。予观江神必元祐迁客之鬼，不然，何嗜之深邪？"这虽系小说家言，但毕竟也反映了韦应物的《滁州西涧》诗为人们所喜爱和珍视的程度。

渔歌子(西塞山前白鹭飞)

张志和

西塞山前白鹭飞,桃花流水鳜鱼肥。青箬笠,绿蓑衣,斜风细雨不须归。

这首词也是我国词史上早期文人创作中最著名的优秀篇章之一。作者张志和(约730—约810),初名龟龄,曾著书《玄真子》,因以玄真子自号。中唐婺州金华(今浙江省金华市)人。十六岁举明经。肃宗朝以献策见赏,待诏翰林,受赐改今名,字子同。旋因事贬南浦(今江西省南昌市西南)尉。会遇赦,遂绝意于仕途,而浪迹江湖,以船为家,常徜徉于浙江太湖附近苕、霅二水间以及湖南洞庭湖一带,故又自称烟波钓徒。但"每垂钓,不设饵,志不在鱼也"(《新唐书》本传),显示了他不求功名利禄,而流连自然山水、安于清寒的生活志趣。《全唐诗》存其诗词九首。亦善画,而出常格之外,入逸品。据《唐人名画录》载,尝为《渔歌子》画成卷轴,"随句赋象,人物、舟船、鸟兽、烟波、风月,皆依其文,曲尽其妙"。

《渔歌子》,本为唐玄宗时教坊曲名。后用作词牌,最早见于敦煌曲子词,原卷曲牌作《鱼歌子》,《教坊记》亦作《鱼歌子》。约经张志和首倡,而至五代时正式衍变为《渔歌子》,又名《渔父》（如五代和凝词即取此名）、《渔父词》（如宋代赵构词即取此名）等。

张志和《渔歌子》系组词，共五首。除第一首正文已见本文开篇外，下余四首正文为：

> 钓台渔父褐为裘，两两三三舴艋舟。
> 能纵棹，惯乘流。长江白浪不曾忧。

> 霅溪湾里钓鱼翁，舴艋为家西复东。
> 江上雪，浦边风。笑着荷衣不叹穷。

> 松江蟹舍主人欢，菰饭莼羹亦共餐。
> 枫叶落，荻花干。醉宿渔舟不觉寒。

> 青草湖中月正圆，巴陵渔父棹歌还。
> 钓车子，橛头船。乐在风波不用仙。

《新唐书》本传载：

> 颜真卿为湖州刺史，志和来谒。真卿以舟敝漏，请更之。志和曰："愿为浮家泛宅，往来苕、霅间。"

又《词林纪事》卷一引《乐府纪闻》云：

> 张志和尝谒颜真卿于湖州，以舴艋敝，请更之，愿为浮家泛宅，往来苕、霅间，作《渔歌子》。

细审二者所记，在具体情节上似有受助与求助之不同。今按，《新唐书》所记系据颜真卿《浪迹先生玄真子张志和碑》，似当更为确切。果如此，则我们有理由推测，此组词约成于唐代宗大历八年（773）暮春（颜氏于上年九月受任湖州刺史，次年到职）他作客颜真卿幕府期间，或即为答谢颜氏资助他更造新舟而作。

组词五首相较，自以第一首为最出色，现在就对第一首加以赏读。

"西塞山前白鹭飞"，首句写山。山是"西塞山"，历史上所称西塞山有两处：一在今湖北省大冶市东约九十里远近，刘禹锡《西塞山怀古》诗所称之西塞山，即指此；而宋陆游《入蜀记》云："即玄真子《渔父》所云者。"当系误记。一在今浙江省湖州市（原吴兴）西南，据《西吴记》："湖州磁湖镇道士矶，即张志和所云'西塞山前'也。"此说可取，因其更贴近作者生活实际。"白鹭"，一种水鸟，常在春夏时活动于湖沼或水田地区，以捕食小鱼为生，"白鹭飞"，既彰显出春天的到来，又暗示了山前一定有水。

果然，"桃花流水鳜鱼肥"，次句即写水。水是苕溪、霅溪，都在湖州市南，二溪汇合后注入太湖。"桃花流水"，实际意即"桃花水"，也称"桃汛"，或"桃花汛"。只是此处词句为凑足音节，而楔进一个"流"字，且加此一字，还能增强景物的活泼感，可谓一举两得。"鳜鱼"，俗称桂鱼，大口细鳞，呈青黄色而带褐斑，其体侧扁，背部隆起，可长达六十厘米，肉质鲜美，为淡水鱼中的名贵品种。"桃花流水"与"鳜鱼肥"是相关景物的巧妙组合，它们和首句写山鸟景物搭配，更进一步烘染了一派盎然的春意。

以上两句，词人以画家的眼光和技法，首先给读者展现了一幅笔墨简净而又色彩鲜丽的春之画面：看啊，在那苍翠如黛的西塞山前，只只银白色的鹭鸟在水面上飞来飞去；在那漂浮有粉红色桃花瓣的河水里，条条肥壮的鳜鱼正趁着汛期的到来而自由自在地追逐、嬉戏！这样寥寥两句，就把江南湖州山川秀丽、落英缤纷、游鱼肥壮、白鹭欢飞的美景及其所蕴含的无限春意立体而传神地描绘了出来。

然而，这还不是画面的全部，甚至只能说这仅够充当整幅构图的一个背景。词的后三句"青箬笠，绿蓑衣。斜风细雨不须归"，才以画龙点睛般的笔触，突出了整个画面的主景：一位渔翁，正稳坐船头，戴着斗笠，披着蓑衣，在斜风细雨中，悠然自得地垂钓呢！"箬笠"，用竹箨（薄竹皮）、蒻（嫩蒲）叶编成的斗笠。"蓑衣"，用龙须草织成的雨衣。是的，风和日丽的江南春景当然美，而斜风细雨中的江南春景则更别具一番韵味，由于它给江南春色染上了一层清蒙淡远的氛围，因而也就使之更富有迷人的魅力。甚至让人不能不感到，那位垂钓的渔翁，与其说是在专心一意地劳作，不如说他是在尽情地领略大自然所展现的诱人的美；看来，他准是被这春雨中的湖州山川的诗情画意所深深陶醉，而竟然乐不思返了。

当然，对这词的后三句，除了如上述可以理解为一种别有情趣的生活享受之外，也不妨向更具质实意义的层面理解，认为这是一项切切实实的渔业劳作经验的披露：在细雨绵绵的天气条件下，由于气压低，水中缺氧，鱼儿多浮在水面，因而正适合于垂钓。杜甫《水槛遣心》诗有"细雨鱼儿出"之句，说的就是这种情况。难怪古画中的渔翁多披蓑戴笠，要赶趁雨中劳作了。甚至更不妨向寓有象征意义的层面理解，说它表达了一种积极进取的人生态度：当遭遇人生征途上的"斜风细雨"的时候，在某些意志薄弱者那里，可能成为裹足不前的借口；而要有心成为人生中的探幽访胜者，则就应该具有那种"不须归"的耐性和魄力。唐人张旭《山中留客》诗有"山光物态弄春晖，莫为轻阴便拟归"之句，正道出了这层意义。但无论怎样理解，读词至此，熟悉唐诗的人们都很容易将垂钓于"斜风细雨"中的这位渔翁与唐代柳宗元的名诗《江雪》中"独钓寒江雪"的那位渔翁加以比对，而深感彼此之迥异：一者是如此的悠然自得，一者却是那样的孤寂冷峻。当然，其所以会如此，除了与二人所写的季节背景一为盛春一为隆冬有所不同之外，更重要的无疑应是由于二人所处的心态背景相异所致，须知柳宗元的《江雪》诗是写在他因参加政治革新失败而遭贬永州期间，当时，他一方面"以谪而出，至死不服"，表现了坚忍不拔的精神，另一方面，因看不到前途和希望，又只好"孤臣泪已尽，虚作肠断声"（《入黄溪闻猿》），陷入了苦闷和彷徨，感受着孤独和无援。《江雪》就曲折地体现了诗人这一特定的心态。诗中尤其显眼的独钓于寒江的渔翁形象，不啻是上述诗人自身那种既倔强又孤独的精神风貌的生动写照。清人刘文蔚《唐诗合选详解》评论说："置孤舟于千山万径之间，而一老翁披蓑戴笠，独钓其间，虽江寒而鱼伏，非钓之可得，彼老翁独何为而稳坐于孤舟风雨中乎？此子厚贬时取以自寓也。"可谓知言。

而张志和的《渔歌子》词则如前所述是写在他作客湖州刺史颜真卿幕府时，其创作缘起是为答谢颜氏资助更造新舟的盛情，词中通过精心选择的自然美景，更通过悠然垂钓的渔翁形象，表达了词人对湖州山水的热烈赞美，对充满诗情画意的江南春色的无限喜悦，对美好的大自然的爱恋和对潇洒自在的烟波钓徒生活的讴歌，从而也就集中地体现出词人遁迹江湖、怡情山水的志趣，并巧妙地寄寓了对颜氏资助的深深感激之意。

这首词，从形式上看很像一首七言绝句，不同处似乎只在七绝的第三句被破为两个三字句罢了。正因如此，曾引发过它究竟是"词"或非"词"的异议。清人先著《词洁发凡》作过辨析："唐人之作，有可指为词者，有不可指为词者。若张志和之《渔歌子》、韩君平之《章台柳》，虽语句声响居然词令，仍是风人之别体，后人因其制，以加之名耳。夫词之托始，未尝不如此，但其间亦微有分别。苟流传已盛，遂成一体，即不得不谓之词;其或古人偶为之,而后无继者,则莫若各仍其故之为得矣。"其实,张志和的《渔歌子》,不仅"流传已盛,遂成一体,即不得不谓之词",并且,它的平仄、韵脚都与七绝不同。而从词体的角度看,它属于单调,二十七字,五句,四平韵,中间三言两句例用对偶。值得注意的是,这不仅在体制上大有异于敦煌曲子词的同调篇什,而且在平仄上也全不同于词人另首同调之作。可见此调在当时仍属初创时期,尚未最后定型下来。但由于这首词的平仄配合协调而有规律,又用四平韵,虽说"其曲度不传",今天读来却仍很上口;中间出以三言两句,并用了对偶,更显得活泼而富于变化。于是,入宋后就都以它的谱式填写,而成为这一词调的定格了。

这首词在风格上以清丽明朗、妙造自然为其特色。这正与词中所写景物和所抒感情高度和谐而相得益彰,因此成为唐代文人词的翘楚。据《金奁集》曹之忠跋及《西吴记》所载,此词一出,刺史颜真卿等时彦即为之倾倒并有和作,而且后来更是继作者纷纷,仅五代到北宋,如李珣、孙光宪、李煜、苏轼、朱敦儒等名家都有此调之佳篇传世,可见其影响之大。而据宋人吴曾《能改斋漫录》的记载,苏轼不仅赞赏此词"极清丽",而且"恨其曲度不传",遂"加数语,以《浣溪沙》歌之"。其词为:

西塞山边白鹭飞,散花洲外片帆微。桃花流水鳜鱼肥。
自庇一身青箬笠,相随到处绿蓑衣。斜风细雨不须归。

黄庭坚晚年也曾就此词增句,而演衍为《鹧鸪天》,其词为:

西塞山前白鹭飞,桃花流水鳜鱼肥。朝廷尚觅元真子,何处而今更有诗? 青箬笠,绿蓑衣,斜风细雨不须归。人间欲避风波险,一日风波十二时。

再后来,徐师川更因苏、黄二作之异同,再作《浣溪沙》《鹧鸪天》各二阕。其《浣溪沙》之一为：

　　西塞山前白鹭飞，桃花流水鳜鱼肥，一波才动万波随。黄帽岂如青箬笠，羊裘何似绿蓑衣？斜风细雨不须归。

　　其《鹧鸪天》之一为：

　　　　西塞山前白鹭飞，桃花流水鳜鱼肥。朝廷若觅玄真子，恒在长江理钓丝。　　青箬笠，绿蓑衣，斜风细雨不须归。浮云万里烟波客，唯有沧浪孺子知。

　　这些都在词史上传为佳话。甚且不过数十年，张词还远播日本，更堪称中外文化交流史上的一件盛事。据载，日历弘仁十四年（823），嵯峨天皇也作有"拟张志和《渔歌子》五首"，定题为《杂言渔歌》，还让智子内亲王、朝臣滋野贞主等各奉和五首，遂开日本国填词风气之先。而张志和，在词史上也因其产生过巨大影响遂占有了一席显要的地位。

江 雪

柳宗元

千山鸟飞绝，万径人踪灭。

孤舟蓑笠翁，独钓寒江雪。

这首诗的作者柳宗元（773—819），字子厚，河东解（今山西省运城市西南）人。唐贞元九年（793）登进士第。曾参与王叔文领导的"永贞革新"，任礼部员外郎。革新失败后，被贬为永州（今湖南省永州市）司马。十年后，改官柳州（今广西柳州）刺史，后病死于任所。终年四十七岁。他是中唐古文运动的倡导者之一，也是"唐宋八大家"之一。在文学史上，与韩愈并称为"韩柳"。

柳宗元在文学上的成就，最突出的当然是散文，尤其山水游记和寓言，那是具有开创意义的，而且是具有典范性的。但又应当看到，他的诗，特别是山水诗，也是自成一家，驰誉于历代文坛的。总起来看，他的山水诗，情致深沉委婉，描绘简约生动，风格清峭高洁，在中唐山水诗派中，与韦应物同居于"领衔"地位，并称"韦柳"。而这首《江雪》，则是他山水诗中最有代表性的一篇。

这首诗的确切写作时间已难考知，据现有文献资料，大体可推定为作者被贬永州司马时所作。

这首诗题既然叫作"江雪",而全诗又仅只五言四句,那么,按照一般写法,为了充分利用极其有限的篇幅,怕一落笔就要直切题面,集中描绘江上雪景的。柳宗元的高明处恰恰在于,他并不如此,一起手竟宕开去写,先来了两个运笔上的大迂回。

"千山鸟飞绝",不写江,而写山。"千山",可见山之众。山峦重叠,自应禽鸟繁盛,但现在却偏偏"鸟飞绝"。"绝"者,绝迹也。也就是,山上的禽鸟一个不剩地全飞跑了。——这是第一个迂回。

"万径人踪灭",仍不写江,而写原。"万径",可见路之多,路是人走出来的。路多,说明平素一定人来人往,熙熙攘攘,但现在偏偏"人踪灭"。"灭",亦绝迹之意。也就是,原野的条条道路上连一个人影也不见了。——这是第二个迂回。

至此,已经花去了全诗的一半篇幅。这样写,是否离题太远了呢?当然不是。不仅不是,而且恰恰体现了诗人构思上的老谋深算。正是通过这样两个迂回,一则把视野先放大到广阔无垠的山、原,布设了"江雪"景外的无限之景,为烘托诗的主题做好有力的铺垫,再则以山原之上的反常景象给读者造成了一个"悬猜"——为什么禽鸟全都飞跑,行人一个不见,会出现如此闷得令人只想窒息的死寂的景象呢?这又有效地强化了诗的表现上的诱惑力。

在敷设了山原之景和造成上述读者的"悬猜"之后,全诗方才从容不迫地转入对雪中江景的正面描绘:"孤舟蓑笠翁,独钓寒江雪。"

原来,在"千绝万灭"之中,江面上竟还有舟,有人。当然,舟是"孤舟",人在"独钓";又由于天降大"雪",所以江是"寒"的,人要披"蓑"戴"笠"。

读到这里,人们的悬猜解除了:因为天气严寒,下着大雪,所以"鸟飞绝""人踪灭"了。但也正是在悬猜的解除之中，人们对诗中主人公渔翁的形象不能不开始给予特别的关注。你看，在那广袤无垠、一片死寂的冰天雪地之中，只有他独自一人，固执地垂钓船头。他是那样的卓然屹立、凛然无畏，又是那样的孤芳自赏、落落不群。由此，你不由不对他生起肃然的敬意呢！

全诗就这样短短四句，竟能写得有山、有水、有舟、有人，勾画出一幅绝妙的寒江独钓图。无怪乎后世的山水画，很多要以这首诗为题材了。

但切莫肤浅地认为这仅只是一首并无深意的山水诗。前面已经指明，这首诗写于诗人被贬永州之时。诗人本是一位很有抱负的政治革新家，他参加了永贞革新，并且是其中的骨干分子。不幸不久永贞革新失败了，诗人也被贬为永州司马。他被贬后，一方面"以谪而出，至死不服"，表现了坚韧不拔的精神，另一方面，因看不到前途和希望，又只好"孤臣泪已尽，虚作肠断声"（《入黄溪闻猿》），陷入了苦闷和彷徨，忍受着孤独和无援。《江雪》这首诗，就曲折地体现了诗人的这一精神状态。诗中着力渲染的大雪铺天盖地、空气凛冽逼人的环境氛围，正是永贞革新失败后严酷的政治形势压在作者思想上的表现，而诗中特别显眼的独钓于寒江的渔翁形象，更不啻是上述诗人自身那种既倔强又孤独的精神风貌的生动写照。他在这一时期所作的山水诗文，尽管情景各有不同，却处处显示他"虽万受摈弃，不更乎其内"（《答周君巢饵药久寿书》）的耿介人品，同时，也往往流露出凄清幽独的落寞之感，本篇也不例外。清人刘文蔚《唐诗合选详解》卷三云："置孤舟于千山万径之间，而一老翁披蓑戴笠独钓其间，虽江寒而鱼伏，非钓之可得，彼老翁独何为而稳坐于孤舟风雪中乎？此子厚贬时取以自寓也。"可谓知言。

与柳宗元有着类似遭遇的宋代大诗人苏东坡不愧为柳宗元的知心之人，他看出了这首诗的真正意义，从而给予了充分肯定的评价。如《洪驹父诗话》记载着他拿这首诗与唐代另一诗人郑谷的诗做过比较，而得出贬郑褒柳的结论：

　　　　郑谷诗"江上晚来堪画处，渔人披得一蓑归"，此村学中诗也。子厚云："千山鸟飞绝，万径人踪灭。孤舟蓑笠翁，独钓寒江雪。"信有格哉！殆天所赋，不可及也。

　　东坡先生为什么对郑谷的诗加以贬抑，评为"村学中诗"呢？就因为郑诗不过是一般的写景而已，认真权衡，并无斤两。为什么对柳诗加以褒扬，盛赞"信有格哉"？就因为柳诗并非一般的写景，而是通过写景，创造了耐人寻味的艺术境界，塑造了富于个性的艺术形象，从而能给读者以深刻感染和有益启迪，亦即颇具艺术深度和思想高度的缘故。当然，其所以能够如此，归根结底，是来自诗人特定的生活经历和思想感情，以及认真的创作态度，说"殆天所赋，不可及也"，则无疑失之于"玄"了。

　　这首诗表现手法的主要特点是巧用对比反衬。如诗的前两句中的"千""万"与诗的后两句中的"孤""独"对提，这就构成了多与一的对比反衬；通过这种对比反衬，鲜明地体现了诗中主人公渔翁——也就是诗人自己那种"世人皆醉，唯我独醒"的孤芳自赏的情怀。再如诗中一面着意渲染周围冰雪酷寒的客观环境，一面则极力刻画渔翁披蓑垂钓的执着神态，这又构成了冷与热的对比反衬；通过这种对比反衬，更有力地表达了诗中主人公渔翁——也就是诗人自己那种"也无风雨也无晴"的坚忍不拔的志节。

　　这首诗艺术风格的突出特色是婉约清峻。如前所述，这首诗是写景的，又是借写景以寄慨的，内容可谓够丰富了。可是这样丰富的内容，却居然纳入了仅四句二十个字的小小篇幅之中，而且做到了以景衬情、不露痕迹，从艺术表现上说，又不能不承认其够婉约了。在语言运用上，全诗脱尽了华词丽语，而只拈取平常字眼，如"千""万""孤""独"等，但经过诗人的遣使调度，却又字字都具斤两，掷地作金石声。试想，如抽掉"千""万""孤""独"等字，那诗中所写景色和人物，不都要失去光彩和生气了吗？而且，诗的用韵也十分恰切，"绝""灭""雪"三个入声字作韵脚，正好加重了凝滞深沉的声情，增强了表达效果。上述诸因素的相互配合，则集中体现为清峻的特色。唐代诗人刘禹锡说："其词甚约，而味渊长也……附离不以凿枘（意为行文流畅，顺理成章），咀嚼不有文字（意为不用华丽词藻），端而曼（意为端正柔和），苦而腴（即瘦），佶然（壮健的样子）以生，癯然（清瘦的样子）以清。"（《答柳子厚书》）苏东坡也说："外枯而中膏，似淡而实美。"（《书黄子思诗集后》）诗家评诗，确能道破个中三昧。

总之，这首诗赢得了历代诗评家的高度赞赏。宋人范晞文《对床夜话》说："唐人五言四句，除却子厚'钓雪'一诗外，极少佳者。"明人顾璘《评点唐诗正音》称此诗为"绝唱，雪景如在眼前"。清人黄生《唐诗摘钞》卷二更赞此诗："此等作真是'诗中有画'，不必更作寒江独钓图也。"细玩原诗，当知所评信矣。

酬乐天扬州初逢席上见赠

刘禹锡

巴山楚水凄凉地，二十三年弃置身。
怀旧空吟闻笛赋，到乡翻似烂柯人。
沉舟侧畔千帆过，病树前头万木春。
今日听君歌一曲，暂凭杯酒长精神。

此诗写于唐敬宗宝历二年（826）冬天。其时，作者经过长期贬谪之后，终以和州（今安徽省和县）刺史应召回京，随后即擢主客郎中，分司东都。回京途中，他特地绕道自己的生长地扬州看望，适与他久仰的诗人白居易（字乐天）相遇。白也是刚卸苏州刺史任而北返，路经此间。二人一见如故，遂成知己，双方交谊或当更早，但过从之密则应始于此时。（详参卞孝萱《刘禹锡丛考》）在淮南节度使王播为他们二人特设的迎送宴席上，白先以后进的身份〔白与刘二人虽为同庚，但刘于贞元九年（793）登进士第，而白于贞元十六年（800）登进士第，因其登第时间靠后，故其身份为后进〕写了一首题为《醉赠刘二十八使君》的诗赠他，对他杰出的才具给予了热情的赞扬，对他坎坷的遭遇表示了深切的同情。其诗曰："为我引杯添酒饮，与君把箸击盘歌。诗称国手徒为尔，命压人头不奈何。举眼风光长寂寞，满朝官职独蹉跎。亦知合被才名折，二十三年折太多。"

不过，细味白诗，其感情基调未免过于哀伤，其思想见地似受宿命论影响。刘禹锡听后，一方面为知友的殷殷之情所深深感动，另一方面，则对个人的不幸遭遇却相当达观，于是写下了这首答诗，委婉但又明确地表达了他的谢意和看法，体现了诗人同时作为进步政治家和唯物主义思想家的宽广襟怀和恢宏气度。

"巴山楚水凄凉地，二十三年弃置身。"诗的首联从白氏赠诗的末句"二十三年折太多"接过话由，以直陈笔法回顾了长期被贬的不幸遭遇。"巴山"句明点贬地凄凉。诗人在长期贬谪生活中，多次迁徙，先后做过朗州（今湖南省常德市一带）、连州（今广东省连州市）、夔州（今重庆市奉节县）、和州等地的地方官。夔州古属巴国，朗州古属楚地。巴多山，楚多水。这里的"巴山楚水"，即用以概指自己曾被贬谪过的地方。"凄凉"二字，不仅见出上述诸地的荒凉落后，而且流露了诗人内心的凄苦辛酸。"二十"句则具述贬期漫长。诗人自顺宗永贞元年（805）被贬为连州刺史，至敬宗宝历二年（826）冬应召回京共二十二年。而二人相遇于扬州时已在岁末，预计回到京城接受任命当在来年开春以后，则刚好二十三年。况且，这里称"二十三年"，是照应着白氏赠诗的提法连带而出的。但诗人在锻造诗句时，毕竟考虑到了"二十三"这一数词与"年"这一时间词的搭配本身即显示着为期长久的性质，故乐于言之凿凿、零整无爽地加以拈用，从而似拙实巧地使贬期漫长的含义得到了具体的有力的强调。"弃置身"，系诗人自谓。"弃置"，既透露出被贬谪的"迁客"身份，又渲染了失落心态的感情色彩。

"怀旧空吟闻笛赋，到乡翻似烂柯人。"诗的颔联借用典故抒发了怀念故友之情和恍若隔世之慨。"怀旧"句直抒怀念故友之情，是二典叠用。"怀旧"，即怀念旧时亲友，是暗用晋朝人潘岳《怀旧赋》之典。李善注谓："《怀旧赋》者，怀，思也。谓思于亲旧而赋也。""闻笛赋",则是明用晋朝人向秀的《思旧赋》之典。据《晋书·向秀传》载,向秀与嵇康、吕安为好友,后嵇、吕被司马氏杀害,他经过嵇康旧居时听见邻人吹笛,其声激越慷慨,于是不胜悲凄,写下了这篇《思旧赋》。刘禹锡应召回朝时,过去曾并肩战斗过的同道知友王叔文、韦执谊早已被杀,而柳宗元、凌准、韩泰等以及"八司马"之外的吕温也先后辞世。友殁我存,两界悬隔;相慰相励,复何能够!"怀旧空吟闻笛赋"者,正表达了他对亡友们的深切悼念。"空吟"二字,正把他那种无法弥补的惋惜和空虚的心情宣露无遗。"到乡"句复发恍若隔世之慨。"到乡"的"乡",当指扬州。禹锡早年即曾宦游于此,此次到来,自是旧地重游,加之他虽隶籍洛阳,但在他出生之前,家已早迁江南,常住苏州嘉兴(今浙江省嘉兴市)(说见今人瞿蜕园《刘禹锡集传》)。而江南古时统属扬州。禹锡生于斯,长于斯,且曾仕于斯,自对此间感情特深,称作故乡,不难理解。且一本"乡"字作"郡","郡"则显指扬州。是则又可印证"乡"系指扬州无疑。"烂柯人",也是用典。据《述异记》载,晋人王质入山打柴,见二童子对弈,他观棋至终局,忽发现自己手中的柯(斧头的木把)已经朽烂,及至回村,才知道已经过去一百年了,和他同时代人也都死尽。"到乡翻似烂柯人",全句意谓,如今回到生我长我的故乡扬州来,得知早年的亲朋故旧全不在了,看见周围的一切都很生疏,面对这岁月流逝、人事全非的景象,倒真有一种恍若隔世之感啊!"翻似"二字,恰切地传达出诗人原想到乡一定感到亲切但实际得到的却是人地两生的苦涩心情。这一联用典贴切,感慨深沉,充分表达了诗人经受长期贬谪拘羁后,刚刚开始新的生活时所特有的复杂的思想感情。

"沉舟侧畔千帆过,病树前头万木春。"诗的颈联则掉转笔锋，从对过去个人不幸的回顾中实现了自我超越，而采取"向前看"的姿态，通过生动比喻和鲜明对比，表达了他旷达的气度和卓荦的识见。"沉舟""病树"，皆诗人自喻。"千帆过""万木春"，则比喻社会人事方面的新秀辈出（在诗人看来，白居易自然就包括在内）和国家朝政方面的前景有望（在诗人看来，自己的被召还京即为一显著标志）。两句诗分别以"沉舟"与"千帆过"，"病树"与"万木春"构成两组形象鲜明的对比，从而强调了，自己经历二十三年的凄凉孤寂的贬谪生活，固然已被折磨得像"沉舟"一样很不中用，像"病树"一样缺乏活力，这无疑是不幸的，但如今发觉周围新秀辈出各展雄才，大有千帆竞发的势头，看到国家朝纲重整再现生机，宛然万木逢春的景象，则又着实感到可慰可欣。这联诗是照应白诗的颈联"举眼风光长寂寞，满朝官职独蹉跎"而发的。白诗显然有为刘禹锡不平之意。刘禹锡则能跳出个人际遇的局限，而从社会大势和国家前途的宏观角度着想，站得高，看得远。又因这联诗的具体内涵是通过生动的比喻形象地表达出来的，于是，这一表达本身也就具有了更高的艺术概括力：它揭示出新和旧，充满生机和渐趋衰亡两类事物的对立和消长，客观上道出了新陈代谢的普遍规律，闪耀着朴素的辩证思想的火花，富于启人智慧的理趣，因而成了传诵千古不衰的名句。白居易盛赞这两句诗"神妙"，"在在处处应有灵物护之"（《刘白唱和集解》），也正是褒扬其深刻的艺术概括力。

"今日听君歌一曲，暂凭杯酒长精神。"诗的尾联回扣诗题，归结到对白氏赠诗的答谢之意。句中"君"字，指白居易。"歌一曲"，指白居易宴席间的赠诗。"暂"，今多解作情态副词，为"暂时、姑且"意，揆之诗情，尤其证以诗人生平性格，则似犹未安，故不可取。按此"暂"字，实当解作时间副词,为"忽然""马上"意。张相《诗词曲语词汇释》卷二:"暂,犹忽也;顿也;便也。"即其证。"凭",凭借、依靠。"长",振作。这两句诗意谓:现在听了您给我的赠诗,凭借着酒力的帮助,我的精神也就马上振作了起来。一个"暂"字,特别强调了对方赠诗给予自己的强烈鼓舞和巨大激励,表达了对知友的衷心的谢意;同时,也巧妙地表露出自己始终不衰的政治热情和坚韧不拔的斗争意志。禹锡写此诗时,已年过半百,但从诗句可以看出,他"烈士暮年,壮心不已",他仍要振作精神干出一番事业。这与他另首诗中所明确表示的"莫道桑榆晚,为霞尚满天"(《酬乐天咏老见示》)的自信和自励是完全一致的。明乎此,也就不难理解诗人回到京城长安后何以能写出"前度刘郎今又来"(《再游玄都观》)那样的豪句了。

总之,刘禹锡在自己的人生征途上所表现的思想坚定、意志坚强、性格坚毅,是一以贯之、历难弥笃的;所留下的,是一位于政治斗争和思想斗争中始终不屈的"强者"坚实而光辉的足迹。而他的这首《酬乐天扬州初逢席上见赠》,则是他的思想、意志、性格的一次"曝光",也是他留下的人生"足迹"中相当显眼的一记。

由上述可知,这是一首很有特色的酬答诗,它立意上的卓荦不凡和表达上的精巧圆转达到了相当完美的统一。相形之下,白居易的赠诗如今已鲜为人知,而刘禹锡的这首酬诗却脍炙人口,历久不衰,宜乎然哉!

忆江南三首（其一）

白居易

　　江南好，风景旧曾谙。日出江花红胜火，春来江水绿如蓝。能不忆江南？

　　这首词的作者白居易（772—846），字乐天，晚年自号醉吟先生、香山居士。曾官太子少傅，故又称"白傅"。祖籍太原（今山西省太原市西南），写诗文时也常自署太原白居易。至其曾祖时迁居下邽（今陕西渭南北），而他本人出生于郑州新郑（今属河南）。他自称为秦代大将白起的后裔。早年家境贫困，生活艰辛，但学习非常刻苦。贞元十六年（800）登进士第，授秘书省校书郎。元和年间任左拾遗及左赞善大夫。因上表请求严惩刺杀宰相武元衡的凶手得罪权贵，被贬为江州司马。后历任忠州、杭州、苏州刺史。以刑部尚书致仕。死后谥"文"，后世也称他"白文公"。

　　白居易是一位杰出的诗人，创作甚丰，今存诗三千首左右，在唐代诗人中遥遥领先，有"诗魔"之誉。同时，他又是一位早期的重要词人。据《全唐诗》所载，他的词有《忆江南》三首，《长相思》一首，《花非花》一首，《如梦令》三首。不过，《如梦令》三首显系后人伪托，因为据考这一词调是迟至后唐庄宗时才产生的，苏轼《如梦令》（水垢何曾相受）的题注曾明确指出："此曲本唐庄宗制，名《忆仙姿》，嫌其名不雅，故改为《如梦令》。

庄宗作此词，卒章云，'如梦。如梦。和泪出门相送'。因取以为名云。"由此可以断言，生于中唐的白居易不可能提前用近百年后的后唐庄宗所制词调填词是确定无疑的。则除去《如梦令》三首，尚余六首。另据《白氏长庆集》还收有《浪淘沙》六首，与前项合计共十二首。而据今人曾昭岷等编《全唐五代词》所收则达二十八首（尚不包括《花非花》一首）。这一数字，与其诗相较自不成比例，但在中唐词坛上，可以说他已经无愧为作品最多的词人之一了。当然，更值得注意的是，他的词浅显平易，流畅自然，又色彩绚丽，韵味隽永，和他的诗风格相一致，艺术水准也达到了相当高的地步，对后世有很大影响。

如他的《花非花》一首：

　　花非花，雾非雾。夜半来，天明去。来如春梦几多时，去似朝云无觅处。

此词通篇用比体，所比之事始终未予点明（揣其立意似为追忆与一位美丽女子邂逅欢会的情景），写得既意境朦胧，耐人寻味，又语言浅近，明白如话。明人杨慎《词品》卷一评赞说："白乐天之词，《望江南》三首在《乐府》，《长相思》二首见《花庵词选》。余独爱其《花非花》一首云：'花非花，雾非雾，夜半来，天明去。来如春梦几多时，去似朝云无觅处。'盖其自度之曲，因情生文者也。'花非花，雾非雾'，虽《高唐》《洛神》，奇丽不及也。"是的，这首"自度曲"，的确算得上因情生文、颇有创意的不俗之作。

如果说《花非花》还未脱去"诗"的痕迹，以至有学者干脆把它排除在"词"的范畴之外，而归入杂言诗的话，那么，他的《长相思》，就应属地道的词了：

　　汴水流，泗水流，流到瓜洲古渡头，吴山点点愁。
　　思悠悠，恨悠悠，恨到归时方始休，月明人倚楼。

这首词显然是抒写爱情相思的。"汴水",指古汴河,旧从河南经徐州汇合泗水入淮河。"泗水",旧从山东泗水县经徐州南入淮河。"瓜洲",镇名,位于长江北岸,与镇江市隔江相对。作品描叙女主人公看到汴水、泗水在面前流过,于是想到河水竟不能把相思之中的自己带到江南,而只有她的离情别恨随着河水一起悠悠无尽地南流,最后汇成了点点吴山。看来要一直等到情侣归来,双双倚楼望月之日,才是此情此恨得以消解之时。这首小词表达得可谓情真意深,十分感人。

当然,真正称得起白词中最为脍炙人口之作的,还是现在选来重点鉴赏的他的《忆江南》组词三首的第一首。

《忆江南》这一词调,又名《望江南》。而据唐人段安节《乐府杂录》载:"始自朱崖李太尉(李德裕)镇浙日,为亡妓谢秋娘所撰,本名《谢秋娘》,后改此名。"则《望江南》之名,似即由浙地位于江南而起。但今按,此调已先见于《教坊曲》,而《教坊曲》所载皆盛唐及以前乐曲。可见,此调并不始于李德裕。又据《敦煌曲子词》中有《望江南》,则知此调最早应来自民间。确凿无疑的倒是,因为白居易曾依调作《忆江南》三首,其后,《望江南》也就又作《忆江南》了。而从《望江南》到《忆江南》,虽仅一字之差,意义却不可忽视:不用"望"而用"忆",一则正好切合白词所要表达的主题,再则也反映了早期词调多与内容攸关,故词调往往即是词题的历史事实。本调正体二十七字,单调,五句,三平韵。为三五七七五句式。中间七言两句,多用对偶。第二句偶或添一衬字。至宋,多用为双调。

关于白居易这组词的创作时间,王国维《观堂集林·唐写本春秋后语背记跋》曾定在唐文宗太和八至九年(834—835)间,但据有学者新的考证,实当定在唐文宗开成三年(838)他六十七岁时。

《忆江南》组词三首在内容上都围绕一个"忆"字展开，但又有总有分：第一首是总，总写江南风光好，令人长相忆；第二、三首是分，第二首写最忆是杭州，第三首写次忆是吴宫（即苏州）。这样，三首词既都紧扣主题，又能清楚地显示出层次。

　　《忆江南》属小令，唐时为单调，虽每首仅二十七字，五句，三平韵，但在白居易笔下，却运用得流转自然，摇曳生姿，既创造了优美的意境，又具有浓郁的民歌风味；既通俗易懂，色彩鲜丽，又讲究音韵，工稳妥帖，的确无愧为早期词苑的范篇。

　　现在赏读三首中的第一首。

　　按韵看，这首词句子的排列组合是"二二一"共三拍格式。由此，内容也就自然分成三层。

　　"江南好，风景旧曾谙"，这起拍两句是第一层，首先揭出忆江南的缘由。首句"江南好"，一上来就以十分肯定的语气，对"江南"作出一个结论性的"好"的评价，给人留下鲜明深刻的印象，真可谓发唱精劲。犹如小说、戏剧的倒叙法，开场先亮出结局，然后再回过头来追述往事，这样写，能造成振聋发聩的效果，容易抓住读者，使之不得不对词人所提出的话题给予特别的关注。句中"江南"，指长江以南，即通常所谓南方，据组词所写又主要是指苏杭一带，这点明了词人要"忆"的对象，而"好"，既是对江南特征富于感情色彩的基本概括，也是对江南之所以值得忆的缘由的总体说明。二句"风景旧曾谙"，是对第一句的补叙，补充说明江南"好"在哪里，当然也是对"忆江南"的缘由的进一步强调。"风景"，风光、景色，这是对"好"的内涵的具体阐释，表明江南好就好在风光、景色上。"旧曾谙"的"旧"，指往昔，"谙"，意为熟悉，这表明，词人往昔与江南曾有过密切的关系。是的，白居易虽为北方人，但过去却曾几度到过江南，并且每次都留下了极为美好的印象：传载他十一二岁时,就因中原战乱而避难越中,在那山明水秀的环境里度过了少年时代;到十五岁进入青年时期,又曾旅居苏杭一带,为那里的锦绣山水所陶醉;五十一岁以后数年间,更由职务的因缘而在"上有天堂,下有苏杭"的诗情画境中度过令他终生不忘的美好时光,为苏杭二州的自然和人文景观,曾写下过如《正月三日闲行》《钱塘湖春行》等一系列优美的诗篇,寄托了对那里的深深热爱之情。总之,"旧曾谙"三字下得极有分量,是词人以见证人的身份强调了"江南好"的绝对可信度。想想看,既然江南词人亲身到过亲眼见过又非常熟悉,那他所下"好"的结论还有什么可怀疑的呢!同时,这也正巧照应了词题中的"忆"字,"忆",本指思念,这里有"忘不掉"之意,正因为"江南"那里往昔到过、见过、喜爱过并且非常熟悉,所以它才自然而然地成为今天不能不"忆"的对象。

"日出江花红胜火,春来江水绿如蓝",这三、四句是第二层,则承上二句进一步分解"江南""风景"到底如何之"好"。尽管前面说"好"褒义已明,毕竟还嫌笼统,所以有必要再作具体描述。"日出"句即先写江岸。句中"江花",即江岸上的花。"胜",超过。"红胜火",是说比火还红。凡花,大抵以红为主色,加以"春来""日出"之际的红光普照,它当然会被渲染得更为鲜艳夺目,于是生出"红胜火"的视觉效应。"春来"句再转写江面。"绿",本与"青"意同用通,如"绿草"又称"青草"。而"青"则从"蓝"生,由《荀子·劝学》"青,取之于蓝,而青于蓝",可证。是知,绿既同青,自亦从蓝。句中"蓝"字,指蓝草,属蓼科,叶子可做染料,蓝色即由此而生。"如",此处亦为"胜",即超过意。故"绿如蓝"者,即比蓝草之色更蓝也。是的,"春来"季节桃花汛期已到,江水水位升高,而当"日出"时分透视江面,它自然会呈现出"绿如蓝",即比蓝草还蓝的色调。就这样,两句词以互文(上句"日出"与下句"春来"即是)与比衬(上句以"火"衬"红",下句以"蓝"衬"绿"即是)的手法,生动逼真地描绘出江南水乡得天独厚的绚丽清新的春景:春来时节日出灿灿,江岸百花争艳,如火如荼;日出时分春江潮涨,江面湛蓝似碧,水天一色。这样绝美的南国风光,怎能不诱发生在北方的词人见时深为陶醉,见后铭记难忘呢?特别值得注意的是,两句描状景物,"火""蓝"二字用得妙极:火是红色的,又有耀眼的光辉,以之状春来日出时分的江花之"红",既能突出其光亮,又可彰显其活力,再加以"胜"字强调,自然会让人更感受到江花的红彤艳美,生机勃勃;而"蓝"草作为蓝色之源,本就焕发着鲜润的色泽,以之状春来日出时分的江水之"蓝",既贴切自然,又形象生动,再加以"如"字比衬,当然会让人更感受到江水的湛蓝晶亮,爽心沁脾。还有,江南风景之好值得"忆"的内容虽然很多,但让人最先忆起来的无疑当是印象最深、最具代表性的那些,"日出"之际的"江花","春来"之时的"江水",就是最具代表性的典型的景物,高明的词人正是通过它们对江南春景作了用语至简却又艺术概括力极强的描绘。词篇只花去寥寥十四个字,而由之展示于读者面前的竟是一幅色彩鲜艳、形象生动的江南春景的完整的画面,收到了以一当十的理想效果。也因此,这两句词理所当然地就成了千古传诵的歌咏江南春景的名句了。

"能不忆江南",这结拍一句为第三层,用一个反问句加以收束。应当指出,这一收束十分得体而又有力,起到了对词的主题再次点醒的作用。经过前面对江南春景的生动形象的描绘,想来读者本就已经不会反对或怀疑词人在词的开头所作出的"江南好"的结论了,而这里再加上一句反问,则不仅把词人自己无法自禁的心中激情痛快淋漓地迸发出来,并且也迫使读者处于不得不进而明确作出绝对肯定回答的境地，从而收到咄咄逼人的艺术效果。

从思想内容看，这首词情调健康乐观，可以说是一首充满生命活力的春的赞歌。词中对那如火如荼的"春花"和澄莹似碧的"江水"的妙笔生花的描绘，不仅能唤起人们对江南湖光山色的深情向往，还会勾起人们对祖国大好河山乃至一切美好事物的无限热爱。

从艺术表达看，语言平易而又色彩绚丽无疑是其最大特色。全词不用任何典故或其他什么特意的渲染，而只是一路白描，却营造出了色彩绚丽、明快鲜活的境界，具有强烈的艺术感染力。究其缘由，首先是他用了形象思维的创作方法，仅借助最简省的比喻，就把笔下的景物写得栩栩如生，呼之欲出。同时，也是他善于炼字的结果：乍看去，词中未出现一个奇字难字，字字平常，但细味来，却不得不承认，每个字又都用得十分妥帖，不容移易。如"日出"两句中的"火""蓝"二字，在以之状景达意上，就是既最为平常又绝无可替代的。清人刘熙载《艺概》评白居易的文学语言说："常语易，奇语难，此诗之初关也；奇语易，常语难，此诗之重关也。香山用常得奇，此境良非易到。"应当说，白氏此词，就是达到了这种"良非易到"的境界的名篇之一。

最后，顺便把白居易《忆江南》组词的第二、三两首也一并抄在下面，供有心的读者参阅。

其二

江南忆，最忆是杭州。山寺月中寻桂子，郡亭枕上看潮头。何日更重游？

其三

江南忆,其次忆吴宫。吴酒一杯春竹叶,吴娃双舞醉芙蓉。早晚复相逢?

菩萨蛮五首（其二）

韦 庄

人人尽说江南好，游人只合江南老。春水碧于天，画船听雨眠。　　垆边人似月，皓腕凝霜雪。未老莫还乡，还乡须断肠。

作者韦庄（约836—910）（今按，其生年迄无定论，此姑从夏承焘《韦端己年谱》说），字端己，京兆杜陵（今陕西省西安市东南）人。少时孤贫力学，才敏过人。及长寓居长安、下邽（今陕西省渭南市）、洛阳、虢州（今河南省灵宝市）等地，疏狂放浪，不拘小节，屡败场屋，失意偃蹇。唐僖宗广明元年（880），黄巢义军攻入长安，他正值应试滞留此间，事后在洛阳写成《秦妇吟》著名叙事长诗，被时人雅号为"《秦妇吟》秀才"。壮岁因避中原战乱，南游湘、越、赣、皖、鄂等地，足迹几遍大江南北。唐昭宗乾宁元年（894），以近花甲高龄登进士第，授校书郎。后历任左拾遗、左补阙等职。唐昭宗天复元年（901）约六十六岁时，应聘入蜀为西川节度使掌书记。唐亡后，于后梁太祖开平元年（907）辅佐王建称帝，官至前蜀平章事（宰相）。而自入蜀至去世十年间，为王建扩展势力并建立大蜀政权尽心竭力，出谋划策，内政外交，多主其手。后梁太祖开平四年（910），卒于成都，终年约七十五岁。

韦庄在晚唐至五代文坛上，以诗词并擅著称，而更以词名家。为"花间派"除温庭筠外另一领袖人物，二人合称"温韦"。今传《浣花集》十卷，收诗二百四十九首，又补遗二首。加上《全唐诗》实增之数及今人辑得篇什，今存诗合共三百二十二首。惜其词向无专集，仅《花间集》录四十八首，《尊前集》录五首，《草堂诗余》《历代诗余》各录一首，凡五十五首，后人所辑，概不出于此。唯据考《历代诗余》所录《玉楼春》（日照玉楼花似锦）一首，实系窜入欧阳炯之作。剔除后共得五十四首，这应是如今所见韦庄词的全部了。

韦庄词除与花间派保持着基本共性（即皆不离婉约一路）以外，更表现了独特的个性。在内容上，与温庭筠那些倾力反映歌姬妓女的生活之作不同，而是多写男女离别相思之情或者个人遭际和感慨；在表达上，与温庭筠专作客观的描写有别，而是重在主观的抒发；在风格上，也与温庭筠的秾艳细腻、隐约绵密互异，而是经常诉诸白描手法，以平浅直白的语言出之，因而显得格外率真天然，清疏晓畅，可以说在"花间"词派中别树一帜。不妨读一下他的名篇之一《思帝乡》：

春日游，杏花吹满头。陌上谁家年少？足风流！妾拟将身嫁与，一生休。纵被无情弃，不能羞！

此词写一位游春少女的春情，通篇以"代言体"形式，借少女"自白"，层层深入地揭示她多于情、钟于情的内心活动，多么率真天然！无愧乎要被贺裳《皱水轩词筌》评之为"作决绝语而妙者"的范篇。不妨再读他的组词《女冠子》二首：

四月十七。正是去年今日。别君时。忍泪佯低面，含羞半敛眉。　　不知魂已断，空有梦相随，除却天边月，没人知。

昨夜夜半。枕上分明梦见。语多时。依旧桃花面，频低柳叶眉。　　半羞还半喜，欲去又依依。觉来知是梦，不胜悲。

两首词写同一件事，属"联章体"：前首写别时情景，后首写别后梦境。写别时情景，是"四月十七。正是去年今日"，记忆如此准确无误；写别后梦境，是"昨夜夜半。枕上分明梦见"，印象那样真切鲜明，又何等清疏晓畅！要之，这种以联章形式共演一段情事且在叙事中抒情的做法，既明显地保留着受民歌、民间词影响的痕迹，又对后世慢词的创作不无启示和先导意义。

近代词学大家王国维《人间词话补遗》评韦庄词说："端己词情真语秀……要在飞卿之上。"就是根据上述韦词这别树一帜的特点作出的。自然，从全局的观点而言，如果仅据此就简单地把韦庄排在温庭筠之上未必恰当。在我们看来，公允的评价应该是，韦庄之所以在词史上占有重要地位并得到后人一致肯定，主要在于他继温庭筠之后，能"运密入疏，寓秾于淡"（况周颐《历代词人考略》），由隐而显，转客为主，从而对"花间"词派的形成起到了关键性作用，并且使词的题材内容和表达方式得以扩展和丰富，把词体在抒情的道路上向前推进一步，不只对五代西蜀孙光宪、李珣乃至南唐冯延巳、李煜有直接引导，即使对自宋以后各代词的长足发展也有与温庭筠虽侧重面不同却同样深远的影响。

不过，应该特别指出的是，韦庄词的率真天然、清疏晓畅，又绝非一味的平铺直叙，浅露无余，却是时时表现为笔直而情曲，词达而意婉。清人陈廷焯《白雨斋词话》评韦庄词："韦端己词，似直而纡，似达而郁，最为词中胜境。"所见极为精辟。而最能充分体现韦庄这"词中胜境"的，莫过于现在选来的他的这首《菩萨蛮》其二。

关于这首词的作时和作意，迄无定论。截至目前，仍为学者所热持者，概有三说。一说认为"是韦庄早年浪游江南时的作品"，"词的主题是赞美江南"（唐圭璋主编的《唐宋词鉴赏词典》有关此词鉴赏专文）；一说认为"为韦庄避乱江南时所作"（朱东润主编的《中国历代文学作品选》）；一说认为"韦庄晚年追忆之作"，所表达的"却是对故乡归不得的盘旋郁结的感情"（叶嘉莹《唐五代名家词选讲》）。今按，"早年"说因与词人生平及作品实情不合而很难成立，"避乱"说和"追忆"说则虽各有相当理由支持自己却再无过硬根据推倒对方。有鉴于此，我们的意见则是：此词的创作年代实难具指，既然如此，那就除"早年"说不可取外，在"避乱"与"追忆"二说之间实无须再细究必此或必彼，倒不妨加以折中，而粗断此词当为词人壮岁避乱江南或晚年寓居西蜀时期抒发乡思之作，这样，既不影响与作者生平经历相印证，也无碍与词篇思乡主旨相扣合，因而更显通达。下面，就本着这样的认识来赏读这首词。

这首词的主旨是抒发思乡深情的，但却借"透过"之法，以通篇一气贯注地引述别人劝留江南的口吻，委婉曲折地表达出来。清人张惠言《词选》谓："此述蜀人劝留之辞。""蜀人"之限未免过于坐实，而"劝留"之见可谓已摄此词写法之要。应当说，韦词笔直情曲、词达意婉的特色，正是通过这得到了生动具体的体现。而依表达上的安排，全词可分三层：

起拍二句"人人尽说江南好，游人只合江南老"为第一层，总叙别人劝留江南。首句"人人尽说"四字下得很有分量，意谓逢人都说，没有一个不说，这一则强调众口一词，人人共识，证明别人劝留江南的恳切和诚心，再则又巧妙暗示下文所谓"江南好""只合江南老"云云，跟中唐词人白居易《忆江南》"江南好，风景旧曾谙"的自我表态不同，而皆为别人劝留之词，并代表不了词人的主观认定。"江南好，游人只合江南老"，则为别人劝留江南的中心内容。"江南"，长江以南，其实也可理解为泛指与词人家乡北方对举的南方，当然一般主称江浙湖广各地，但联系此篇所写，谁也难保绝对不包括西蜀。清人陈廷焯《词则·大雅集》即认为"讳蜀为江南"，当然说"讳蜀"未必合词人本心，但说有以"蜀"囊括于"江南"之意却并非不可能。"好"，是对江南的一个总评价，也是劝留江南的一个总理由。次句"游人"，实指词人自己，是别人对词人的称呼。"只合"，只应该，"只"字强调唯独，舍此无他。"合"，应该。白居易《与元九书》："文章合为时而著。"唐张彦远《法书要录》引唐代《叙书录》："上谓凤阁侍郎王方庆曰：'卿家多书，合有右军遗迹。'"可见为唐五代人习语。"江南老"，在江南终老。看字面，"江南好，游人只合江南老"不过是别人一种恳切的劝说，但仔细品味，就中却流露出词人留在江南实出无奈的苦衷。正如词学大家唐圭璋先生所分析的："'只合'二字，无限凄怆，意谓天下丧乱，游人漂泊，虽有乡不得还，虽有家不得归，唯有羁滞江南，以待终老。"（《唐宋词简释》）由此我们还可联想到汉末王粲，他是北方人，当年也为避乱而流落南方，但到南方后，虽也承认那里风景确实很美，却终因怀念故乡而不愿久留，于是写下著名的《登楼赋》，表达了他"虽信美而非吾土兮，曾何足以少留"亦即急于回乡的深沉感慨。韦庄的这两句词其实与王粲的意思一样，只不过王粲是直言宣告，韦庄则是把怀念故乡、欲归不得的深情糅合到别人的劝留里，顺势透露出来罢了。而这正是篇中展现的韦词笔直情曲、词达意婉特色的第一个生动具体的"看点"。

那么，"江南"到底如何"好"，竟值得"游人只合江南老"呢？接下来则不惜打破词的分片界限，以全词上片歇拍"春水碧于天,画船听雨眠"两句与下片换头"垆边人似月,皓腕凝霜雪"两句的主要篇幅,为第二层,就具体的理由作了分项的申述。"春水"句首先介绍自然风光之"好":江南多水,历来有水乡之称,尤其到春天,碧水蓝天,相映生辉,蔚成一大胜景,让人陶醉其间,心旷神怡。"画船"句重在强调生活安乐之好:"画船",饰有彩绘的船。试想,躺在华美的游船上,或者观赏绿水蓝天的明媚春光,或者聆听淅沥飘洒的入春好雨,那生活该是怎样的富于诗意,那心情该是何等的悠闲自得啊!"垆边"两句则集中表现人物佳丽之"好"。"垆边"句先总写人。"垆边",指酒家。"垆",酒店安放酒瓮的土台。《汉书·司马相如传》颜师古注:"卖酒之处,垒土为垆,以居酒瓮,四面隆起,其一面高,形如锻炉,故名垆。""人似月",状女子貌美如皎洁的明月。"皓腕"句再特写局部。"皓腕",洁白的手腕。"凝霜雪",进一步形容手腕洁白得如同敷上一层霜雪似的。须知这里写人是用典,是借汉代卓文君之事以形容江南女子的佳丽姣好。《西京杂记》卷一谓:"文君姣好,眉色如远山,脸际常若芙蓉,肌肤柔滑如脂。"又《史记·司马相如列传》载:相如与文君"俱之临邛,尽卖其车骑,买一酒舍酤酒,而令文君当垆"。由此可见,卓文君不就是古代曾为司马相如所追爱后来二人结为夫妻的著名的"当垆"美女吗?而且,大范围说,她籍属江南;具体地讲,她家住蜀中。若仅据此,似乎倒更有利于证明此词为韦庄晚年寓居蜀中之作,因为他是"就地取材",自然要举文君为喻,而轮不上越中美女西施了。

　　有必要提醒,词人这里之所以借别人之口列举江南的种种好处,请千万不要误认为只是单纯为了对那里进行赞美,而是另有深意的,深意就在借以反衬词人家乡眼下刚好缺失这些(尤其生活安乐方面的)好处。词学大家叶嘉莹先生在鉴赏此词讲到此处时就曾告诫说："这几层写风景、生活、人物之美，你不要用庸俗的眼光只看它表面所写的情事，而要看到更深的一层。"（《唐五代名家词选讲》）"更深的一层"，就在于这个反衬。而这则是篇中展现的韦词笔直情曲、词达意婉特色的第二个生动具体的"看点"。

照常理，前面既然已经讲足了"江南好，游人只合江南老"的种种理由，那么词人听后可该接受劝告，同意留住江南了，但看来并非如此。因为词的结拍"未老莫还乡，还乡须断肠"二句，这接下来的第三层，字面虽是遥应起拍，实际却竟反跌出思乡深情来。所谓听话听音。在"未老莫还乡"的别人劝留声里，不巧可以听出词人此时此刻仍未打消"还乡"念头的一个重要信息吗？否则，别人何劳多此一举地再强调"未老莫还乡"呢？不消说肯定是在听了别人劝留江南的种种理由之后，词人还继续坚持想（甚至要）还乡，别人才不得已以退为进地作出至少在"未老"之前千万"莫还乡"的再劝留的。而"还乡须断肠"一句，更显然是别人再劝留临到终了进而更预测"如若不听，则后果定将令人不堪"的一个语重心长的告诫。"须"，一定会。"断肠"，形容极度悲痛。句意略谓：你现在如果还坚持要还乡，那么还乡后肯定会让你悲伤痛苦不堪呢，请千万慎重啊！应当强调指出，词人借别人之口说出这样的话，并非故意骇人听闻，却是有充分现实根据的。因为韦庄生活在唐末至五代易代之际，当时中原战乱频仍，兵连祸结，民不聊生，真是糟糕到了如同他在《秦妇吟》中所描写的"内库烧为锦绣灰，天街踏尽公卿骨"那样异常凄惨的地步。他正是自壮年时为避此战乱而流寓相对安定的江南多年，唐亡后更羁留蜀中，最后度完他的余生的。他虽也亲眼看到江南之好，且还曾在西蜀做了高官，但毕竟不是择木而栖、乐不思归之辈，而怀乡之念，时时萦系于心，但又实在欲归不能，于是陷入深深的乡愁之中。这里就是再借别人劝留江南的口吻，将自己的郁郁乡愁委曲婉转地表达出来。清人陈廷焯《云韶集》评云："结言风尘辛苦，不得回乡，预知他日还乡必断肠也。"可谓颇得词人之心。而最后的这一反跌，正是篇中展现的韦词笔直情曲、词达意婉特色的第三个生动具体的"看点"。至此，三点既备，金鼎自立，于是此词也就理所当然地成为韦庄最有代表性的名作了。

关于此词的整体表达技巧，词学大家俞平伯先生在《读词偶得》中曾作过相当精到的分析，这里不妨引来一读：

起首一句已扼题旨，下边的"江南好"，都是从他人口中说出，而游人可以终老于此，自己却一言不发。"春水"两句，景之芊丽也；"垆边"二句，人之姝妙也。"垆边"更暗用卓文君事，所谓本地风光，"皓腕"一句，其描写殆本之《西京杂记》及《美人赋》。"绿窗人似花"（引者按，此为作者另首《菩萨蛮》中句）、"垆边人似月"，何处无佳丽乎，遥遥相对，真好看杀人也。如此说来，原情酌理，游人只合老于江南，千真万确矣。他自己却偏说"未老莫还乡"，然则老则仍须还乡欤？忽然把他人所说一笔抹杀了。思乡之切透过一层，而作者之意犹若不足，更足之曰："还乡须断肠。"原来这个"莫还乡"是有条件的，其意若曰：因为"须断肠"，所以未老则不还乡；若没有此项情形，则何必待老而始还乡乎？岂非又把上文夸说江南之美尽情涂抹乎？古人用笔，每有透过数层处，此类是也。

顺便说明，我们的理解与俞先生稍有不同处，即认为结拍二句仍作别人的劝说词看待似更妥、更优，理由已见前述。如此，则其中"透过"之妙，不仅丝毫不受影响，而且会使笔直情曲、词达意婉的特色得到更为完美的凸显。是耶？非耶？惜乎先生已逝，无从亲聆教诲，而只好寄希望于读者及专家的指正了。

最后，由于有学者认为，韦庄的《菩萨蛮》五首实属有完美结构的组词，为给读者提供赏读和研讨的方便，兹将其余四首也一并抄录如下：

其一

红楼别夜堪惆怅，香灯半掩流苏帐。残月出门时，美人和泪辞。　琵琶金翠羽，弦上黄莺语。劝我早归家，绿窗人似花。

其三

如今却忆江南乐，当时年少春衫薄。骑马倚斜桥，满楼红袖招。　翠屏金屈曲，醉入花丛宿。此度见花枝，白头誓不归。

其四

劝君今夜须沉醉，樽前莫话明朝事。珍重主人心，酒深情亦深。　须愁春漏短，莫诉金杯满。遇酒且呵呵，人生能几何？

其五

洛阳城里春光好，洛阳才子他乡老。柳暗魏王堤，此时心转迷。　桃花春水绿，水上鸳鸯浴。凝恨对残晖，忆君君不知。

虞美人（春花秋月何时了）

李 煜

　　春花秋月何时了？往事知多少！小楼昨夜又东风，故国不堪回首月明中。　　雕栏玉砌应犹在，只是朱颜改。问君能有几多愁？恰似一江春水向东流。

　　这是南唐李煜最著名的词篇之一。
　　李煜（937—978），初名从嘉，字重光，号钟隐，又号莲峰居人。南唐中主李璟第六子。他是南唐最末一代国君，世称南唐后主。二十五岁继位时，赵宋已取代北周建国，对南唐威胁更大。他在位十四年中，不过勉强支撑着国运日蹙的危局，仅只忍辱免亡而已。四十岁时，宋兵攻入金陵（今江苏省南京市，当时南唐国都），由是不得不肉袒出降，被押解到赵宋京城汴京（今河南省开封市）待罪。宋太祖赵匡胤因他曾守城拒降，便封他为"右千牛卫上将军、违命侯"。虽名曰封侯，实则却从此过起高级囚徒的生活。两年后，他四十二岁生日时，被宋太宗赵光义赐牵机药毒死。
　　李煜多才多艺，尤通音律，是唐五代词人中成就最高的一位。清人王鹏运《半塘老人遗稿》曾称誉他："以谓词中之帝，当之无愧色。"不为无因。他的创作，可以南唐亡国为界，分为前后两期。前期，他过着封建帝王穷奢极欲、纵情声色的腐朽生活，故其词作大抵不外乎声色享乐的内容，而从诗词的嬗变承继关系看，也大致为"花间"香软词风与南朝"宫体"情调的融合罢了。但到后期，随着他政治地位和思想感情的剧变，其词作则一扫宫廷生活的气息，而不啻为一个亡国之囚的悲愤和忧伤的血泪的呼喊了。他的此类作品，常是以白描手法，率真地直抒胸臆，把复杂的思想感情表达得极为深刻生动，并显示出一定的概括的意义。就这样，他终究摆脱了一直被认作"正统"的花间词风的羁绊，拓宽了词的表现领域，并沿着他的先辈词人冯延巳所开创的变以描写为主到以抒情为主的路子继续向前走，最后使词发展成为一种个人抒情言志的得力的工具，而取得类似抒情诗的地位。近代著名学者王国维《人间词话》断言："词至李后主而眼界始大，感慨遂深，遂变伶工之词而为士大夫之词。"这评价是恰切的。《虞美人》（春花秋月何时了）一首，正是他这类"士大夫之词"的典型篇例之一。

《虞美人》，本为唐教坊曲，最初得名于项羽宠姬虞美人，一说得名于虞美人草。后衍化为词牌。而因李煜填写这首词中的名句，又常称《一江春水》。此外，还有称《玉壶冰》《巫山十二峰》《宣州竹》《忆柳曲》的。《虞美人》最早在敦煌曲子词中为单调，共二十九字，分五句（呈七五七七三字式），三平韵（后蜀顾敻作叶四平韵）。后叠为双调，正体共五十六字，上片四句，两仄韵，两平韵，二十八字；下片与上片同。又一体共五十八字，上片五句，两仄韵，三平韵，二十九字；下片与上片同。此词属正体。

这首词，据已故学者詹安泰先生考证，当作于李煜被俘入宋后的第二年（977）正月（说见詹著《李璟李煜词》）。而据有关史料记载，李煜是在此前一年（976）正月被押赴汴京受降待罪的，到写这首词的时候，刚好整整一年。因此，我们有理由进一步推断:这首词很可能是作者为纪念他的故国——南唐亡国周年而作。

随着南唐的覆亡,李煜陡然间由南唐的国君一变而为宋朝的囚犯,不但失去了小皇帝的宝座,失去了豪华奢靡的生活,而且失去了人身的自由。这一严酷的现实,使他"日夕只以眼泪洗面"(据王铚《默记》),而沉浸于故国之思、亡国之恨的深哀巨痛之中,产生了他特有的悲和愁。这首《虞美人》,就集中而深刻地反映了他这种特定的悲和愁。

词的上片伤今忆昔。开头两句"春花秋月何时了?往事知多少"是泛指,是总提。"春花"句是对眼下处境的愤怨。"春花秋月",以表时令的景物指代岁月的更替。春花艳艳,秋月朗朗,本为良辰美景、赏心乐事,但在做了亡国之囚的词人却反而激起了更大的烦厌,因而有"何时了"的发问。"了",是完结、尽头的意思。全句是说:春暖花开,仲秋月圆,岁月就这样无休止地循环往复,我这囚徒的生活,到哪一天才是尽头?犹如《红楼梦》第一回所说:"可知世上万般,好便是了,了便是好。若不了,便不好;若要好,须是了。"这里所抒发的,正是极端厌世、痛不欲生的感念,大有古语所说"时日曷丧?予及汝偕亡"(《尚书·汤誓》)之慨。看来,他对自己眼下亡国之囚的处境再也不愿忍受下去了。"往事"句是对往昔生活的怀想。"往事",指他当国君时所有值得追忆的事。而"知多少"语意双关,既含有对当初豪奢的帝王生活的留恋之情,也含有对过去治国得失的历史教训的反省之意。从表达留恋之情看,"知多少"实是一声缠绵的叹惋,是说值得留恋的往事实在太多的意思。据历史记载,往昔他当国君时,终日里纵情声色,与大、小周后欢歌宴舞,享尽了人间的荣华富贵。这在他前期的词作中就有充分的反映。如他的《浣溪沙》一首写道:

红日已高三丈透,金炉次第添香兽。红锦地衣随步皱。佳人舞点金钗溜,酒恶时拈花蕊嗅。别殿遥闻箫鼓奏。

又如他的《玉楼春》一首写道:

晚妆初了明肌雪,春殿嫔娥鱼贯列。笙箫吹断水云闲,重按霓裳歌遍彻。　　临风谁更飘香屑,醉拍阑干情未切。归时休照烛花红,待踏马蹄清夜月。

可见,他往昔的帝王生活,竟是那样日日夜夜,声色宴乐,奢靡无度。大概,这就是他现在回想起来,仍然禁不住地要生起叹惋之情的往事了。从表达反省之意看,"知多少"又是一个果决的判断,是知多又知少,即对自己过去的所作所为已经明白其中的是非长短的意思:他一准想到了他过去荒淫无度,不理朝政,错杀潘佑、李平等忠谏之臣,以致落得国是日非,不堪收拾,最后亡于赵宋,自己竟沦为囚徒的结局。据宋人王铚《默记》卷上所载:

徐铉(原南唐要臣)归朝(投降宋朝),为左散骑常侍,迁给事中。太宗(赵光义)一日问:"曾见李煜否?"铉对以"臣安敢私见之"。上曰:"卿第往,但言朕令卿往相见可矣!"铉遂径往其居,望门下马,但一老卒守门。徐言愿见太尉(指李煜),卒言有旨不得与人接,岂可见也。铉云:"我乃奉旨来见。"老卒往报。徐入,立庭下。久之,老卒遂入,取旧椅子相对,铉遥望见,谓卒曰:"但正衙一椅足矣!"顷间,李主纱帽道服而出。铉方拜,而李主遽下阶引其手以上,铉告辞宾主之礼。主曰:"今日岂有此礼?"徐引椅稍偏,乃敢坐。后主相持大哭,乃坐,默不言,忽长吁,叹曰:"当时悔杀了潘佑、李平!"……

可见,他早先对此就已经有了悔悟,只不过,眼下想得更清楚、认识得更明白了。当然,叹惋也好,悔悟也罢,如今都已成了无可挽回之事,追忆起来,无非只能坠入茫茫无际的苦海里，感受着不尽的心灵折磨而已。确如当代学者王延龄先生关于此篇赏析文章所分析的，他"此时这种痛苦是茹苦含辛，自食恶果，较之'卧薪尝胆'把苦当作手段而有所争取，'今生修来世'把苦当作过程而另有希望尤为深重"。明乎此，也就难怪他在此词的开首竟会发出"春花秋月何时了"的痛不欲生的愤怨了。

接两句："小楼昨夜又东风，故国不堪回首月明中。"是实说，是具陈。"小楼"句是说他囚居监所，长夜难眠，阵阵东风吹进小楼，在提醒他做亡国的囚犯已经整整一年了。据有关文献资料如明人《汴京遗迹志》、今人周宝珠《宋代东京研究》等的记载，李煜降宋入汴之初是被安置在禁宫前面不远处的尚书省小别院，即所谓利仁坊礼贤宅；至太宗赵光义即位后，即被迁到京西北大梁门外十余里净慧寺院附近的西台，即今"孙（逊）李唐村"之庄宅，条件简陋，自不待言。句中"小楼"，当即指此囚居之处。这与他往昔做帝王时所享用的"连霄汉"的"凤阁龙楼" [作者另首词《破阵子》（四十年来家国）中语] 相去何啻天渊！从"凤阁龙楼"到"小楼"，象征着一个朝代的败亡，标志了他的帝王身份和人身自由的失落。这般处境，已足使他感到凄苦难耐，更何况"昨夜又东风"呢？"昨夜"，即这一夜，因夜已将尽，故说昨夜。"东风"，指春天，因入春多东风，故以东风代之。而"又"字，则不仅强调地点出了今年的春天——也就是他亡国入宋、囚居"小楼"已届周年这一特定时刻已经确定无疑地到来，从而更深沉地勾起了他的故国之思和亡国之痛，并且进而火上浇油地昭示了他原就厌世已极、痛不欲生的人生体验。当代词学大师唐圭璋先生《唐宋词简释》评此字云："一'又'字惨甚，东风又入，可见春花秋月，一时尚不能遽了。罪孽未满，苦痛未尽，仍须偷息人间，历尽磨折。"尤为知心之论。"故国"句则正面挑明对已亡的南唐的思念。"不堪",不忍,忍受不了;"回首",回顾,思念。他想道:昨夜月明依旧,可"故国"早已破亡,令人不忍回顾。这一句,不仅活画了他思念故国时那种愁苦万分、悲痛欲绝的情状,而且有力地突现了全词抒发亡国之痛的主旨。句中"不堪回首"四字,虽非创新之语,但用到这里,从所表达的感情的强度说,却力重千钧:故国已亡,不想不能,想又不忍,实在令人难以承受。这种"不堪回首"的悲呼,足以引发一切有着"不堪回首"的往事的经历的人为之感动,从而产生强烈的共鸣。

词的下片直抒由伤今忆昔而生出的无限愁苦。五、六句"雕栏玉砌应犹在,只是朱颜改"承上过片,进一步补足"故国"的"不堪回首"。"雕栏",雕饰花纹的栏杆。"玉砌",白玉一般的石阶。"雕栏玉砌",这里指代豪华的宫殿建筑。"应",估量词,大概、想必的意思。"朱颜",作者自指,赵宋灭南唐时,李煜年方进入四十岁,说朱颜当是符合实际的。两句意思是说:金陵故都那些豪华的宫殿大概还在吧;可是曾几何时,自己却早已形容憔悴,一副老态了!句中"朱颜改"三字值得仔细玩味。南唐亡时李煜尚为"朱颜",到他写这首词不过刚满一年,竟就朱颜"改"了,何以"改"得如此之速呢?究其原因,这无疑是他"一旦归为臣虏"[作者另首词《破阵子》(四十年来家国)中语]之后,经受了"日夕只以眼泪洗面"的"沈腰潘鬓销磨"(同上词)的结果。诚如一些诗词鉴赏家所指出的,"雕栏玉砌应犹在"一句清楚表明,李煜所思念的"故国",既不关涉苦难的平民大众,甚至也轮不上那大好山河,而只是他难以忘怀的豪华的宫廷,亦即小皇帝的奢靡的生活罢了;他所思念的故国的这些具体内容,今天看来,自是毫无积极意义了。但也不能否认，人们透过作者出于真情的描述，毕竟可以感受到一种巨大的悲痛、难忍的哀伤，亦即具有普遍的概括意义的所谓"忧患意识"在鼓荡、在喷勃。也正是这种"忧患意识"，升华而为最末两句。

"问君能有几多愁？恰似一江春水向东流。"这两句是设问设答格式。"君"，是自指。"几多"，就是多少，南方口语。"恰似一江春水向东流"，是比喻。"一江"，喻愁之多；"春水"，喻愁之深；"向东流"，喻愁之长。全句用满江春水的滔滔东流以形容自己忧愁的绵绵不断，永无绝期。通过这样的比喻，生动而又贴切地抒发了充塞于他内心的无限愁苦的思想感情。著名学者俞平伯《论诗词曲杂著》评此句云："诗词之作，曲折似难而实不难，唯直为难。直者何？奔放之谓也。直不难，奔放亦不难，难在于无尽。'恰似一江春水向东流'，无尽之奔放，可谓难矣。"难能自然可贵。而且，由于他的忧愁是借助了形象的比喻抒发出来的，因而这一抒发忧愁的词句本身也就具有了表达上的广泛的适应性。于是，尽管读者在各自的环境中所产生的忧愁与李煜有着完全不同的生活内涵，却都可以产生共鸣，并借助这样的词句加以表达，从而这词句也就成为历代传诵的名句了。

当然，这词句之所以能够成为名句，还由于它"以水喻愁"在文学史上有着承前启后的重要地位。以水喻愁，并不自李煜始，在他之前，早有人用过。如李白《宣州谢朓楼饯别校书叔云》诗有句云："抽刀断水水更流，举杯销愁愁更愁。"是以流水的无法斩断喻愁的绵绵不绝。刘禹锡《竹枝词》（其一）有句云："山桃红花满上头，蜀江春水拍山流。花红易衰似郎意，水流无限似侬愁。"则是以水流无限喻愁的绵远无穷。白居易《夜入瞿塘峡》诗有句云："欲识愁多少？高于滟滪堆！"又是以水高流深喻愁的深广厚重。李煜喻愁的词句当是祖述上列诸家而来，但却能兼摄诸家精髓，自铸新句，而臻妙境，并开导后世。宋代词人欧阳修《踏莎行·候馆梅残》一首有句云："离愁渐远渐无穷，迢迢不断如春水。"就是直接借鉴李词此句写成的。而贺铸《青玉案·凌波不过横塘路》一首有句云："试问闲愁都几许？一川烟草，满城风絮，梅子黄时雨。"虽非以水喻愁，但遣使博喻之法，多层次、多角度地写愁这一点，却无疑是从李煜那里受到启发，从而青出于蓝而胜于蓝的。

毋庸讳言，李煜这首词所抒发的感情是消沉的，他的历史地位和阶级地位决定了他不可能看见光明，找到出路。因此，他在"仓皇辞庙""归为臣虏"的当儿，只能"垂泪对宫娥"[作者另词《破阵子》（四十年来家国）中语]；而在归宋后汴京待罪的两年多囚徒生活中，更不得不淹没于"一江春水向东流"般的长愁里无法自拔。这种以凄凉感伤为基调的作品，无论如何是无法跟苍凉悲壮之作相提并论的。但另一方面也应看到，这首词的确淋漓尽致地吐露了作者故国之思、亡国之痛、前愆之悔的悠悠真情，一个已被置于别人刀俎之上的亡国之君，竟敢如此大胆地吐露这样的真情，实为史所罕见，因而这首词也就具有了相当鲜明的政治内涵和社会意义。陆游《避暑漫钞》记载：

> 李煜归朝后，郁郁不乐，见于词语。在赐第七夕，命故妓作乐，声闻于外。太宗怒。又传"小楼昨夜又东风"及"一江春水向东流"之句，并坐之，遂被祸。

李煜之死，竟与此词攸关，可见其绝非一味感伤的等闲之作，宋太宗赵光义不消说是从中嗅出了李煜作为亡国之君的"人还在，心不死"的政治味儿来了，为根除后患，才下决心杀死他。

当然，更值得重视的，是这首词的艺术成就。首先，这首词采用直陈其事、直抒胸臆的表现方法，酣畅淋漓地抒发了作者内心的思想感情。全词通过声势迅急的行文，层层揭示出作者悲愁相续的心理活动；通篇以问句提挈，由问天到问人再到问己，借助激荡的音调、顿挫的旋律，把作者内心起伏的思绪、难平的悲愁和盘托出，然后以"一江春水向东流"的比喻煞尾，使这首词达到了如王国维《人间词话》所谓"以血书者"的化境。法国作家缪塞《五月之歌》提出："最美的诗歌是最绝望的诗歌，有些不朽的篇章是纯粹的眼泪。"应当说，李煜的这首《虞美人》，正属此种。

  其次，这首词语言明白如话，尤其善用虚字传神，表现出一种自然奔放的风格。如"雕栏"两句，拈用了"应犹""只是"这般虚词，造成一种揣拟复又转折的语调，恰到好处地表达出作者降宋后那种时过境迁、物是人非的深深怅恨之情。又如末两句，着以"问君""恰似"字样，构成设问设答格式，不仅加重突出了"愁"的分量，而且使全词保持了前呼后应的格调，达到了流走自如的地步。正如我国《大百科全书·中国文学卷》所评："《花间集》和南唐词，一般以委婉密丽见长，而李煜则出之以疏宕。……《虞美人》的自然奔放，'如生马驹，不受控捉'（周济《介存斋论词杂著》），兼有刚柔之美，确是不同于一般婉约之作，在晚唐五代词中别树一帜。正如纳兰性德所说：'花间之词，如古玉器，贵重而不适用，宋词适用而少质重，李后主兼有其美，饶烟火迷离之致。'"

渔家傲(塞下秋来风景异)

范仲淹

塞下秋来风景异,衡阳雁去无留意。四面边声连角起,千嶂里,长烟落日孤城闭。　　浊酒一杯家万里,燕然未勒归无计。羌管悠悠霜满地,人不寐,将军白发征夫泪。

这是宋代一首最早反映边塞生活的名词。作者范仲淹(989—1052),字希文,谥文正,吴县(今江苏省苏州市)人。少孤寒,有大志。大中祥符八年(1015)进士。仁宗康定元年(1040),受命戍边,遏止西夏入侵。后拜枢密副使,参知政事(副宰相)。致力国事,常以"先天下之忧而忧,后天下之乐而乐"自勉,成为一代名臣。他又是一位地道的将军词人。其词今虽仅存五首,却都很有特色,一向脍炙人口。

这首词一题作"秋思"。词调《渔家傲》,不见于唐、五代词。据清康熙朝《钦定词谱》卷十四:"此调始自晏殊,因词有'神仙一曲渔家傲'句,取以为名。"又名《绿蓑令》《游仙咏》《荆溪咏》。此调正体共六十二字,分上下片,各三十一字,五句,五仄韵,句句押韵,且不能换韵。

又据宋魏泰《东轩笔录》卷十一:"范文正公守边日,作《渔家傲》乐歌数阕,皆以'塞下秋来'为首句,颇述边镇之劳苦。

欧阳公尝呼为穷塞主之词。"可知此词的创作与作者边塞生活的实际经历有密切关系。史载，北宋时期的主要边患有辽和西夏。由于朝廷采取畏敌退让的基本国策，招致了边患的接连不断，而且愈演愈烈。仁宗宝元元年（1038），西夏元昊（1003—1048）称帝后，多次进犯宋境，曾重兵直逼延州（今陕西省延安市）城下。宝元三年（1040），范仲淹"受任于败军之际，奉命于危难之间"，出任陕西经略副使兼知延州，守边四年。在此期间，他一面抓紧训练军队，一面在延州周围加强防御工事，坚持保土卫国，威名远震，有效地遏止了西夏的嚣张气焰。据《五朝名臣言行录》卷七引《名臣传》："仲淹领延安，阅兵选将，日夕训练。又请戒诸路养兵蓄锐，毋得轻动。夏人闻之，相戒曰：'无以延州为意，今小范老子（即范仲淹）腹中自有数万兵甲，不比大范老子（指范雍）可欺也。'"当地民歌更称颂他："军中有一范，西贼闻之惊破胆。"这首词即当作于此一时期。

这首词描写了边地生活的艰苦，反映了戍边将士的思家之情，更表现了作者抗敌守边、建功立业的气概和抱负，以及对国事的隐忧，具有高度的爱国精神和强烈的现实意义。

词的上片着重写景，写边地日暮时分特有之景，集中凸显了边地出奇的荒漠和凄凉，同时透露出守边将士严阵以待、时刻御敌的高度警惕。

首句"塞下秋来风景异"，总点地点和时间，特别强调其地其时风景的"异"。地点——"塞下"，即当时延州（今陕西省延安市）一带。"塞"，要塞，边境险要之地。当时延州地处西北边陲，是防御西夏进攻的军事重镇，故称塞下。时间——"秋来"，即进入秋季。一般入秋之后，气候转凉转冷，万物都要衰败萧索，而塞下无疑为甚。一个"异"字，则正凸显了这一特点，它笼罩整个上片，接下来诸句，都是对这一"异"

字的具体展示和描绘。

二句"衡阳雁去无留意",是一"异"。"衡阳雁",指秋日南飞的大雁。湖南省衡阳市衡山有七十二峰,为首的即回雁峰,相传入秋后北雁南飞,到此过冬,至来春而北返。"去",离开。《说文·去部》:"去,人相违也。"段玉裁注:"违,离也。"雁为候鸟,秋去春来,本属自然,这里偏说"去无留意",一则意在强调塞下出奇的荒凉,以致连大雁竟毫无留恋之意地飞走了;再则又是一种移情之法,写雁无留意,正所以因人无留意,从而也就为后面正写思家埋下了伏笔。顺便指出,有将此句中的"衡阳雁去"连读而理解为"雁去衡阳"的倒装的,这无疑是混淆了"去"字的古今词义的区别,而把它误解成今天常用的"往""到"之义了,而这显然是欠妥的,所以我们不加采用。

三句"四面边声连角起",是二"异"。"边声",此指边地入秋后日暮时分特有的悲凉之声。据汉李陵《答苏武书》:"凉秋九月,塞外草衰,夜不能寐,侧耳远听,胡笳互动,牧马悲鸣,吟啸成群,边声四起。"又蔡琰(文姬)《胡笳十八拍》:"日暮风悲兮边声四起。"可知边声大抵应包括风吼声、草动声、笳鸣声、马嘶声,乃至驼、羊悲号声等。"连",搅混。"角",本义为兽类生在头上的骨质的突出物,如牛角、羊角、鹿角等,而牛角中空,穿孔后可吹出很响亮的声音,于是成为一种用来传递信息的管乐器。它是西北游牧民族的发明,原借吹角以示晨昏,后转为军用,借鸣角以示收兵。全句意思是说,边地到了入秋日暮时分,风声、草声、胡笳声、马嘶声、驼羊悲鸣声,搅混着城头吹起的报晚示警的角声响成一片,不绝于耳。

四、五两句"千嶂里,长烟落日孤城闭",是三"异"。"嶂",如屏障一样的山峰。《集韵》:"嶂,山之高险者。"

这里不说峰而说嶂，固然为了适应平仄的需要，但更有以见其高峻、陡峭的考虑。"长烟"，可以是指通常所谓暮霭，即傍晚时分所升起的烟雾似的云气，但联系此词特定情景，既然唐诗人王维的《使至塞上》"大漠孤烟直，长河落日圆"，其中"孤烟"能指军事示警的"烽烟"，那么此处"长烟"怕也排除不了其中包含烽烟的成分。"孤城"，此指延州城。"孤城闭"的"闭"，可谓一石二鸟：一则是表实情，因为的确一到日暮时分，随着报晚角声的吹响，延州城门就要紧紧关闭起来，从而彰显出戍边将士保持高度的警惕；二则也是着意渲染，借以烘托延州边地萧条荒凉的气氛。两句是说：在重重叠叠的崇山峻岭的包围之中，在漫无涯际的暮霭和着烽烟的笼罩之下，血红的夕阳映照着这座紧闭的延州孤城，也就更显得格外严峻和荒凉了。清人先著、程洪选录的《词洁》卷二盛赞："一幅绝塞图，已包括于'长烟落日'十字中。唐人塞下诗最工、最多，不意词中复有此奇境。"的确，这两句充分写出了边地的典型景物，而与唐诗人王之涣《凉州词》"一片孤城万仞山"所描绘的景象殊为相侔。

以上整个上片写景，采用视觉与听觉结合、静景与动景互补之法，描绘出了一派既旷远雄浑又萧条荒凉的边地特有的景象。

词的下片着重抒情，抒入夜以后所生之情，而把焦点聚集到如何处置思家与报国的思想矛盾上。

过片"浊酒一杯家万里"，突出了思家。"浊酒一杯"，表现生活艰苦。"酒"为"浊酒"，说明质差（古人常以呈乳白色未滤之米酒称"浊酒"，但这里是有意与"清酒"相对）；又只"一杯"，可见量少。"家万里"，见出戍地辽远。总之，此句以"一杯"与"万里"形成一种意象上极少与极多的反差与对比，从而形象鲜明地突现了将士们因戍守生活艰苦而萦系心头无法消解的浓重的乡愁。

二句"燕然未勒归无计"，则强调了爱国。"燕然"，山名，即今蒙古国境内的杭爱山。"勒"，在石碑上刻字。"燕然未勒"，指抗敌大功尚未告成，是用典。据《后汉书·窦宪传》载：东汉和帝永元元年（89），大将窦宪打败匈奴，追北单于，"登燕然山，去塞三千余里，刻石勒功"而还。"无计"，可有二解：一指没有办法；二指尚未考虑。这里"归无计"，显然不是消极地抱怨没有办法回家，而是积极地表示为报国而尚未把回家的考虑提到日程上来，从而表现出当思家与爱国发生矛盾、无法协调一致的情形之下，是把爱国摆在了第一位，即用爱国战胜了思家。这样，与上句合起来的意思就是：将士们常年戍边，生活艰苦，谁不思念相隔千里万里的家乡呢！思念家乡本属理所当然，但是，念及抗敌安边的重任至今尚未完成，又怎好作回家的考虑啊！这样，通过虽思家而却未考虑回家的明确表态，也就充分彰显了戍边将士高度的爱国精神。

三、四、五句"羌管悠悠霜满地，人不寐，将军白发征夫泪"，再进一步补足由"燕然未勒归无计"而引发的愁情。"羌"，古时西部少数民族，历史上所谓"五胡"之一。"羌管"，即"羌笛"，一种出自羌族截竹而成的管吹乐器。《说文》："羌笛三孔。"其发音以悲凄幽怨为特色。在唐代边塞诗中就经常写到它，为读者所熟知的如王之涣《凉州词》"羌笛何须怨杨柳，春风不度玉门关"，岑参《白雪歌送武判官归京》"中军置酒饮归客，胡琴琵琶与羌笛"等都是。"悠悠"，本义忧思的样子，此指羌笛奏出的悲凄幽怨的声调。"将军"，作者自指。"征夫"，指戍边战士。此三句合起来意思略谓：听着那极易勾起异域之感的悲凄幽怨的羌笛声，看着那禁不住要滋生思乡之情的满眼无限的寒霜地,大家彻夜难眠,而陷进了无边的愁海,以致将军头上的白发越来越多,战士们的眼泪长流干不了。

前面已经说到,词人用爱国战胜了思家,既然如此,那么,不应进而感到光荣和自豪吗?何以接着竟又这样愁苦起来呢?考其原因,不外有二。首先,应当承认,远离家乡而想家本属人之常情,是正常现象。不考虑回家不等于就不想家,正因为想家而不考虑回家,才更见出爱国的真诚和高尚。其次,还应联系当时的社会时代背景来理解,前文已经谈到,宋朝是我国历史上一个屈辱的朝代,自开国以后,就一直实行"安内虚外"的国策,对内防范极严,对外则一再屈辱退让,致使边患始终不得消除。范仲淹本想如东汉大将窦宪那样长驱逐敌,保国固边,干出一番扭转乾坤的大事业;他镇守边关,严明治军,大智大勇,也确实威名远播,震慑敌胆,但在当时那种政治环境和时代气氛里,所能做到的,不过只是消极防御,使西夏不敢肆无忌惮地随意入侵而已。他清楚地知道,即使戍边再久,终究还是不能不"只等闲,白了少年头,空悲切",根本实现不了彻底铲除边患的报国壮志的;而战士们远离家乡,戍守边疆,多想及时破敌安边,早日回家与亲人团聚,过上和平安定生活,可是眼看着岁月白白地流逝,安边无望,返乡无期,也难怪他们要泪水难干。"羌管"三句,就正抒发了这种壮志难酬的愤懑,并从而深化了全词的主题。

久戍怀乡是我国自《诗经》以来历代诗歌所惯于表现的一种传统的题材,而写这种题材,又多以揭露朝政黑暗、反对穷兵黩武为主旨。范仲淹这首词却把怀乡思家的愁情与抗敌保国的壮志结合起来写,一方面是边地苦寒、久戍思家,另一方面是保国守土、责无旁贷,这样构成词中所着力表现的一对矛盾。从全词布局看,写久戍思家费去了绝大部分篇幅,写保国守土则仅用"燕然未勒归无计"一句点到即止；但从表达效果看，这一句却"秤砣虽小压千斤"，分量显得特重，从而集中地表达出词人"先天下之忧而忧，后天下之乐而乐"的高尚的思想情操。毫无疑问，这是这首词主题思想特别有价值的地方。也由此可知，明人瞿佑《归田诗话》卷上引申"穷塞主"之说评这首词："予久羁关外，每诵此词，风景宛然在目，未尝不为之慨叹也。然句语虽工，而意殊衰飒，以总帅而所言若此，宜乎士气不振，所以卒无成功也。"自属太过表面，难称允当；而现今有学者认为"与唐人边塞诗'孰知不向边庭苦，纵死犹闻侠骨香'（王维《少年行》）、'醉卧沙场君莫笑，古来征战几人回'（王翰《凉州词》）相比，此词的感情基调未免过于低沉"（姚新红、王兆鹏《唐宋词名篇导读》），同样仍欠具体分析，并不中肯。已故诗词大家刘永济《唐五代两宋词简析》指出："此词虽有思归之情而无怨尤之意。盖抵御侵略义不容辞。然征夫久戍，亦非所宜，故词旨虽雄壮而取境却苍凉也。"言简而意赅，方可谓不刊之论。

悲壮苍凉的意境，遒劲沉雄的风格，是这首词艺术上的一大特色。词在唐、五代到北宋初期，是以"花间派"为主流的，所写内容大抵不外乎宫廷、闺阁、楼台、庭院、柔情、美景，风格也很少越出所谓"香而软"一路；而范仲淹的这首词，却将视野扩展到了千嶂万壑、塞下孤城，体现出一种开旷美、悲壮美，与盛唐边塞诗极为相近，成为宋代豪放词的先声，因而在词史上占有重要地位。

注重表达上的辩证描写，是这首词艺术上的又一特色。如词中写出了"视"与"听"的结合——眼前所见与耳边所闻的交织与互补，织就了"少"与"多"的对照——"一杯"与"万里"的悬殊与反衬，展示了"情"与"志"的斗争——思家之情与爱国之志的矛盾和对立,从而使全词成为一个富于生气且颇具表达深度的艺术整体。

  寓情于景,情景交融,也是这首词艺术上的一个特色。词的上片主要写景,但景中有情,如拈用一个"异"字,既概括了景物的共同特征,又赋予了景物以作者的感情色彩,已不是自然主义的纯客观描写,而是专就"异"这一特色加以强调发挥,在写景中同时融进了久处异地的戍边将士的特定感受。词的下片主要抒情,但又情不离景,如:"浊酒一杯家万里"是将思家的感情与借酒浇愁的形象同步展现出来;"人不寐"的叙事抒情是由"羌管悠悠霜满地"的景物描写作了有力的铺垫;而"将军白发征夫泪"更是一组带有强烈感情色彩的人物素描,达到了亦情亦景、融合无间的地步。这样,不仅词中的情与景可以各得其所,相得益彰,而且在大笔濡染之中,保证了整体的浑然,意脉的连贯。

念奴娇（大江东去）

苏 轼

大江东去，浪淘尽，千古风流人物。故垒西边，人道是，三国周郎赤壁。乱石崩云，惊涛裂岸，卷起千堆雪。江山如画，一时多少豪杰。　遥想公瑾当年，小乔初嫁了，雄姿英发。羽扇纶巾，谈笑间，樯橹灰飞烟灭。故国神游，多情应笑我，早生华发。人生如梦，一尊还酹江月。

苏轼（1037—1101），字子瞻，一字和仲，号东坡居士，眉州眉山（今四川省眉山市）人。宋仁宗嘉祐二年（1057）进士及第，深受主考官欧阳修激赏。嘉祐六年（1061）再中制科直言极谏策问入三等（宋代的最高等），更名噪京城。他服膺儒家经世济民政治理想，入仕后有志于改革朝政并勇于进言。但因更重施政稳健和实效，而对王安石厉行新法取反对态度，又对司马光全面废除新法持不同意见，结果轮番受到两派多次排斥打击，以致终生宦海沉浮，仕途坎坷。先是神宗熙宁年间被外放杭州（今浙江杭州）通判（州长官副职），继而历知密州（今山东诸城）、徐州（今江苏徐州）、湖州。其间虽对新法不满，却能尽心尽职，体恤民情，对邑政进行某些整改，做到为官一任，造福一方，深受百姓爱戴。神宗元丰二年（1079）

在"乌台诗案"中被诬"作诗讪谤朝廷"获罪入狱，几经折磨，侥幸被释而责贬黄州（今湖北黄冈）团练副使（掌管地方军事的助理官）编管（以罪人身份被看管）安置。哲宗元祐年间，高太后听政，被召回朝廷，累迁中书舍人、翰林学士知制诰等职，曾主持学士院考试和进士贡举，而拔擢黄庭坚、张耒、晁补之等接任馆职，又荐举秦观、陈师道等调授京官，一时才士毕集，往来酬唱，形成以他为领袖的作家群，传为文坛佳话。后因受旧派排挤，出京历知杭州、颍州（今安徽阜阳）、扬州（今江苏扬州）、定州（今河北定州），也均能因地制宜，多有政绩。绍圣元年（1094），更以为文"讽刺先朝"罪名远谪惠州（今广东惠阳）、儋州（今海南儋州）。虽遭如此迫害，却能遇变不惊，而借佛老之理，旷达自处。尤为可贵者，身在忧患之中，仍不忘关心百姓生产、生活，传播中原文化，与惠州百姓和黎族人民建立了淳朴的友谊。元符三年（1100），徽宗即位，宽赦元祐旧臣，他得奉召内迁，但不幸在层层忧患和长年积劳的双重折磨下，竟于次年病逝于常州（今江苏常州），终年六十五岁。至南宋时追谥文忠。

在我国古代文学史上，苏轼是一位难得的通才大家。他的诗、词、文均造诣极深，代表着宋代文学的最高成就。当然，就创作起始时间看，苏轼染指于词是在他的诗文已得大名于文坛之后，但从文体发展角度看，他对词的历史性贡献却更超过了诗和文。第一，在定位上，他大胆地破除了诗尊词卑的观念，认为诗词同源，本为一体，词是"诗之裔"（《祭张子野文》），并非"小道"，从而将词的美学价值提升到与诗并驾齐驱的层面，为词与诗相互沟通与渗透提供了理论依据。第二，在功能上，他明确地提出了词"自是一家"（《与鲜于子骏书》）的创作主张，强调词品应与人品相一致，作词应像写诗一样抒发自我的真实性情和人生感受，从而将传统上多表艳情之词变革为更抒性灵之词，使词成为与诗分庭抗礼的一种独立的抒情文体。第三，在内容上，他空前地扩大了词的题材，丰富了词的意境，举凡怀古、感旧、写景、咏物、抒志、纪游、酬赠、悼亡、叙事、说理，乃至贺寿、嘲谑，等等，所有情事，皆可入词，确实达到了"无意不可入，无事不可言"（刘熙载《艺概》）的地步，尤其他对政治情怀的抒发，对人生波澜的思考，对亲情友谊的歌咏和对农村生活的描述，更显然带有超越前人的意义，从而使词彻底冲决"花间""尊前"的狭小藩篱，走向社会人生的广阔天地。第四，在手法上，他进一步丰富了词的表现技巧。除能融会前人经验，既注意承继婉约词多用比兴寄托，又大力发扬柳永词白描铺叙之外，更常借"以诗为词"（陈师道《后山诗话》）之法，或敞开心扉，直抒胸臆；或使事用典，曲达情愫；甚或纯以议论写怀，乃至偶不协律也在所不惜，却仍不落平直，而饶耐人寻味之致者，从而大大提高了词的表现张力。第五，在风格上，他坚定地创出了豪放（词分婉约、豪放的名目，是到明代张𫄛《诗余图谱》才正式确立，随后流行起来的。此从众说，细论实当为"旷放"。王国维《人间词话》断言："东坡之词旷，稼轩之词豪。"可谓最有见地）一路，而通过自己卓有成就的艺术实践，彰显出词体本身发展的巨大潜力和广阔前景，影响十分深远。今检他现存的近350首作品，固然大多仍应归入传统的婉约之什的范围，但毕竟已有约40首的篇子高扬起旷放激荡、如天风海雨般的新风，充分证明这绝非"偶尔即兴"（吴世昌《关于苏词的若干问题》）之所为，而应是存心与婉约词风分道扬镳，具有开宗立派的性质。

现在就来鉴赏他豪放词中最具代表性的被誉为宋金十大曲之一的《念奴娇·赤壁怀古》。

词调《念奴娇》，据南宋人王灼《碧鸡漫志》卷五："今大石调《念奴娇》，世以为天宝间所制曲，予固疑之。然唐中叶渐有今体慢曲子，而近世有填《连昌宫词》入此曲者。"经检唐元稹《连昌宫词》，有"力士传呼觅念奴，念奴潜伴诸郎宿。须臾觅得又连催，特敕街中许燃烛。春娇满眼泪红绡，掠削云鬟旋装束"之句，作者自注："念奴，天宝中名倡，善歌。"则知调名取义于此，并形成于唐天宝年间。后因苏词出而大受推尊，遂有《大江东去》《酹江月》《赤壁谣》的代名。再后随着此调词创作的繁盛，又陆续出现《壶中天》《寿南枝》《古梅曲》《百字令》等众多的别称。此调为双调，共一百字。上片九句四韵，四十九字；下片十句四韵，五十一字。分平韵、仄韵两体，而抒豪迈之情，多用仄韵，得入声更妙。

词题《赤壁怀古》（词之有题，是词之"诗化"的一个标志），"赤壁"，据有关史料记载，今湖北江汉之间曾有此称者即达五处：一为蒲圻县（今湖北赤壁市）西北之赤壁山；二为武昌县（今湖北鄂州市）西之赤矶山；三为汉阳县（今湖北武汉市汉阳区）西南之临漳南峰；四为汉川县（今湖北汉川市）西之赤壁草市；五为黄州（今湖北黄冈市）城西之赤鼻矶。今按，历史上周瑜破曹之赤壁当为蒲圻县（今赤壁市）西北一百二十里长江南岸之赤壁山。而本词所称赤壁，实为黄州（今湖北黄冈市）城西长江北岸之赤鼻矶。从自然形势看，它山崖陡峭，突出下垂，形状很像一个大鼻子，又整个呈赭赤色，因此名为"赤鼻山"。明代以前，此山是突入江中的，江水紧贴着石崖东流；而水中之石称"矶"，因而那时的赤鼻山称"赤鼻矶"。据宋人朱彧《萍洲可谈》卷二载，黄州"州治之西，距江名赤鼻矶，俗呼鼻为弼，后人往往以此为赤壁"。现今，这座山经过修葺整理，已经开辟为游览胜地，而且叫作"东坡赤壁"了。并且建有一座"二赋堂",是为纪念苏轼曾在此写了前后《赤壁赋》; 还建有一座"酹江亭",是为纪念苏轼曾在此写了《念奴娇》(大江东去)这首名词。但无论如何,这里并非真的周瑜破曹处,宋人葛立方《韵语阳秋》卷一三已有辨证:"曹操入荆州,孙权遣周瑜与刘备并力逆曹公,遇于赤壁,曹公军马烧溺死者甚众,军遂大败。盖谓鄂州蒲圻县赤壁也。黄州亦有赤壁,但非周瑜所战之地,东坡尝作赋曰:'西望夏口,东望武昌,非孟德之困于周郎者乎?'盖亦疑之矣。故作长短句云:'人道是三国周郎赤壁',谓之'人道是',则必知其非矣。""怀古",字面意思是说怀念古代的人和事,但在此处,实指诗词之一体,即以诗人亲历的遗迹、遗址或遗地为由头或中介,从而引起对有关历史人事的吟咏之作,苏词正属此类。

苏轼此词,据傅藻《东坡纪年录》:"元丰五年壬戌,公在黄州。七月既望,泛舟于赤壁之下,作《赤壁赋》,又怀古作《念奴娇》。"则知当作于宋神宗元丰五年(1082)七月他因"乌台诗案"谪居于黄州(今湖北黄冈市)第三年游赤鼻矶之际,当时他四十六岁。说得再具体一些,据宋人胡仔《苕溪渔隐丛话》后集卷二八所记,是因故友李委秀才相访,乃"以小舟载酒,饮于赤壁下。李善吹笛,酒酣,作数弄,风起水涌,大鱼皆出,山上有栖鹘,亦惊起。坐念孟德、公瑾,如昨日耳"。然后遂有赋及此词之作。

词的上片,就眼前所见之景着笔,从而引向对历史人物的怀念。

起拍"大江东去,浪淘尽,千古风流人物"两句,是泛写,既明写眼前的长江,是状景,又暗咏历史的长河,是抒怀。"大江",古代为长江的专称。《汉书·地理志》:"岷山,岷江所出,故为大江,至九江为中江,至徐陵为北江,盖一源而三目。""浪淘尽",他本有作"浪声沉"的,但如今人胡念贻辑清人先著、程洪所撰之《词洁》卷四所说:"'浪淘'字虽粗,然'声沉'之下不能接'千古风流人物'六字。盖此句之意全属'尽'字,不在'淘''沉'二字分别。"故仍以"浪淘尽"为优。"淘",冲刷。"风流人物",杰出的人物。两句是说:作者泛舟于赤鼻矶之下,目送波涛滚滚的江水裹挟着沙石不停地向东流去,于是马上联想到历史的长河也在不停地流逝,正像大浪淘沙一样将千古以来无数叱咤风云的杰出人物冲刷得干干净净。这两句,就写法看是由实入虚,就意蕴看则深含哲理。作者认为:在人类的历史长河中,作为生命个体的一切杰出人物都显得十分渺小,尽管他们当年曾演出过怎样威武雄壮的人间活剧,到头来都免不了被历史的巨浪所汰去,这是不以任何人的意志为转移的客观规律;唯独他们的声名和曾经创造的业绩,可以成为后世人们永恒的追念和记忆。清人沈祥龙《论词随笔》曾经指出:"诗重发端。唯词亦然,长调尤重。有单起之调,贵突兀笼罩,如东坡'大江东去'是。"的确,这一起拍,将浩荡江流与千古人事并收笔下,真的做到了既彰显磅礴的声势,又具有厚重的深度,可谓发唱惊挺。

读这开头两句,很容易使我们联想到《三国演义》开卷所引明人杨慎《临江仙》词的开头两句:"滚滚长江东逝水,浪花淘尽英雄。"过去,人们常对作为《三国演义》主题曲的杨词的这两句表示赞赏,认为它的确揭示出了全书的主旨,写得很有气势。而现在与苏词加以对照,不难发现,除了个别用字稍有变化外,就整个句意看,竟完全是照抄了苏词的。所以,要论功劳,终究倒应该记在苏轼的名下。

接下来"故垒西边,人道是,三国周郎赤壁"两句,转向专叙。"故垒西边"的"故垒",旧时的营垒,这里当指赤壁之战时周瑜驻军的营垒。有解为"古战场"的，不确。据《三国志·吴志·周瑜传》，当时孙权"遣周瑜及程普等与备并力逆曹公，遇于赤壁。时曹公军众已有疾病，初一交战，公军败退，引次江北，瑜等在南岸"。然后是吴蜀联军以"火攻"之法"烧尽北船，延及岸边营寨。瑜等率轻锐寻继其后，雷鼓大进，北军大坏，曹公退走"（《三国志·吴志·周瑜传》裴松之注引《江表传》）。由此可见，赤壁之战的主战场实际是在长江江面上，而这段长江江面正处于"故垒西边"的"赤壁"之下。"人道是"，表明并非确凿无疑，不过人云亦云，苏轼《东坡杂记》云："黄州少西，山麓斗入江中，石色如丹，相传云曹公败所，所谓赤壁者。或曰非也。""相传"，"或曰"，亦即此意。总之，正如清人朱日浚《赤壁怀古》诗句所说"赤壁何须问何处，东坡本是借山川"，但须知此句之设并非闲笔，因为文学创作本不拘泥于实地实事，所以"借山川"是完全允许的。但同时加以适当提醒，使读者了解是在借用，不致造成历史文化的混乱，又毕竟是作者应该负起的责任，苏轼正是做到了这一点。至于若进一步追问苏轼为什么一定要"借山川"，当代学者胡忆肖在他的《唐宋诗词名篇辨析》一书中曾作过很好的解答，即："苏轼之所以采用'借山川'抒怀的办法，有他那时的客观原因，盖不得已而为之。'乌台诗案'了结时，他被遣送到黄州安置，担任一个'团练副使'的小官，明令他不得书签公事，不得擅离贬所。他的行动不是那么自由的，言论也不自由。经常担心有人把他的言行报告朝廷，构成所谓'罪证'。这时候他不可能到'周郎赤壁'去亲历游览。恰值'赤鼻矶'亦有赤壁之称，还有赤壁之战的种种传说，于是便借其抒怀。""三国周郎赤壁"，则具体交代所写历史事件（即怀古对象）的地点、时间和人物，而采用由面到点的聚焦法，意谓："大江"万里，不能全写，这里只写赤壁一段；"千古"历史，不能尽述，这里只述"三国"一时；"风流人物"，不能都说，这里只说"周郎"一人。"周郎"，即周瑜，字公瑾。据《三国志·吴志·周瑜传》载，建安三年（198），受吴主孙策亲自迎请，"授建威中郎将"，"瑜时年二十四，吴中皆呼为周郎"，这里沿用吴中对周瑜的亲敬之称，正是为了突出他的年轻有为，而又特称"周郎赤壁"者，则强调赤壁实因周郎而著名。

"乱石崩云，惊涛裂岸，卷起千堆雪"三句，紧承前特写赤壁的雄奇景象。"崩云""裂岸"，一作"穿空""拍岸"，此从朱彊村本，因为这更富于气势和美感。此二句是对句，也是同样的句法。"乱石"，杂乱丛生的山石，"崩云"，似要将天际的云层刺炸，极言山势之高，使人直睹其形；"惊涛"，震慑人心的波涛，"裂岸"，似要把堤岸冲决，极言水流之猛，使人兼闻其声。而"卷起千堆雪"，似雪拥聚千堆，极言浪花之白，使人且见其色。句中"乱""崩""惊""裂""卷"几个动词和形容词的拈用，尤为形象传神而有力度。黄州赤鼻山本不那么高，水并不怎样险，而如此形容，自然出于诗词的艺术夸张，同时也融进了作者往昔游历高山大川的生活积累。总之，这三句绘形、绘声、绘色的描写，充分体现了祖国山河的壮丽，字里行间鼓荡着词人赏爱祖国山河的激情。

歇拍"江山如画，一时多少豪杰"两句，绾上起下，即为"过片"。按传统一般认为"过片"是在下片起拍，但也不能看得过于绝对。在实际创作中，或上片歇拍似合似起，或下片起拍似承似转，只要做到两片之间既接榫清晰，能分前后，又意脉不断，浑然一体，就都是好的"过片"。苏轼此词即属于灵活运用而取得成功的例证。"江山如画"，集中表达从前面所写大自然的壮丽景象获得的总体感悟，意在绾上。说"江山如画"，为赞赏其美而把真的（天然的）比成假的（人工的），这是我国文学传统中一种常见的修辞手法。人们乐于赞赏本色的天然的美，因为一经假以人工，往往会破坏它原汁原味的生气和风韵，但人们同样赞赏成功的人工的美，因为它常常会更富于巧夺天工的艺术性灵和魅力。所谓"逼真""如画"的赞语正是就此而发的。"一时多少豪杰"，重点突出对三国时期众多英雄人物的倾情仰慕，意在起下。"一时"，即三国时代。"多少豪杰"，包括曹操、刘备、孙权、周瑜、诸葛亮等一大批英雄人物，他们风云际会，龙争虎斗，各逞雄才大略，演出了一幕幕可歌可泣的人间话剧。

词的下片集中赞颂赤壁之战时的英雄人物周瑜，然后归结到对自己岁月虚掷、一事无成的慨叹。

换头"遥想公瑾当年"到"樯橹灰飞烟灭"五句，专写"一时多少豪杰"中的周瑜。"遥想公瑾当年"，点醒主脑，领起下片。"遥想"，申明是追忆早成过往的历史。"公瑾当年"的"当年"，把时间限定在赤壁之战那个时候，正好紧扣"赤壁怀古"，提示以下所写都是周瑜在赤壁之战时的情况。"小乔初嫁了"，先交代周瑜的婚配。"小乔"，为乔公的小女。"乔"本作"桥"，为姓。据《三国志·吴志·周瑜传》载，周瑜跟随孙策攻皖（今安徽潜山县），"得桥公两女，皆国色也。策自纳大桥，瑜纳小桥"。问题在对"初嫁了"该作如何解释？因为按史实"小乔初嫁"时周瑜二十四岁，而赤壁之战时周瑜已三十四岁，前后相差十年。对此，学界长期以来众说纷纭，莫衷一是。这里不拟（因篇幅所限）也无须（为择善而从）一一引述，只是有一种意见值得一提，即有学者认为这"很可能是苏轼的误记。因为年月日同周郎赤壁在何处这样的明显的问题不同，往往令人误记"（胡忆肖《唐宋诗词名篇辨析》）。对这一意见我们虽总体上仍持保留态度，但觉得"误记"的提法倒是有启示性的，而认为，与其说苏轼真的误记，倒不如看作他其实是运用文学的典型化手法，有意借此以模糊周瑜娶小乔同赤壁之战之间的时间差距，径把二者放在一起说，从而收到更好地烘托周瑜英雄美人、韶华似锦的理想效果。"雄姿英发"，接着赞美周瑜的仪表和才具。请注意"雄姿"和"英发"说的是两个方面。"雄姿"，是写仪表，指周瑜身姿相貌的威武英俊，即《三国志·吴志·周瑜传》所载"瑜长壮有姿貌"。"英发"则写才具，即通常所谓才华横溢，此处则特指周瑜的卓越辩才。这不仅可由《三国志·吴志·吕蒙传》所载孙权论吕蒙学问筹略可比周瑜"但言议英发不及之耳"，和苏轼《送欧阳推官赴华州监酒》诗句"知音如周郎，议论亦英发"得到书证，而且与赤壁之战的史实恰相符合。据《周瑜传》记载，当时"群下"皆劝孙权"不如迎之"（意谓投降曹操），唯独周瑜不以为然，他精辟地分析了当时敌我双方的形势，而力主抗曹。吴主孙权听了他的一席话，大加赞赏，说："君言当击，甚与孤合。此天以君授孤也。""羽扇纶巾"，再从装束方面彰显周瑜的气度。"羽扇"，用长羽毛制成的扇子，可用来纳凉，亦可借以指挥军事，如《晋书·顾荣传》载："（陈敏）率万余人出，不获济。荣麾以羽扇，其众溃散。"即其证。"纶巾"，用青丝带配制成的头巾。一说配有青色丝带的头巾。如《晋书·谢万传》载："万著白纶巾，鹤氅裘，履版（木屐）而前。"有说这是插写诸葛亮的，因与全词所要表现的"三国周郎赤壁"的中心主题难相照应，而有另生枝蔓之嫌，故我们不取。且据前引文献资料可知，"羽扇纶巾"，实为三国六朝时期儒将的一般装束，并不专属诸葛亮，周瑜照样可以如此。"谈笑间，樯橹灰飞烟灭。"进而突出他从容指挥，取得完胜的战绩。"谈笑间"，渲染他指挥时的轻松从容之状。"樯橹灰飞烟灭"，则从使敌方一败涂地夸赞他战绩的特别辉煌。句中"樯橹"，一作"强虏"或"狂虏",今按当以"樯橹"为是。这一则因为苏轼手迹如此,宋人王楙《野客丛书》卷二四载:"淮东将领王智夫言:尝见东坡亲染所制水调词,其间谓'羽扇纶巾谈笑处,樯橹灰飞烟灭',知后人讹为'强虏'。"再则,"樯",船桅杆。"橹",船桨。"樯橹",代指曹军战舰。其后再缀以"灰飞烟灭"的形容,也正符合赤壁之战有决定意义的是水战火攻、"烧尽北船"的实况。

以上从婚配、仪表、才具、气度和战绩多侧面地勾勒出一位风流儒将的完美形象。你看,他新婚燕尔,年轻得意,洋溢着青春的活力;他雄姿勃发,谈笑风生,迸射着智慧的火花;他头束纶巾,手摇羽扇,具有不凡的气度;他从容不迫,指挥若定,建立了卓著的战功。诗人通过对周瑜这一英雄人物的精心塑造和高度赞美,寄托了自己仰慕英雄,渴求建功立业的政治理想。

这里有一个问题值得进一步探讨,就是词写赤壁之战的英雄,为什么偏偏对周瑜情有独钟呢?当代学者刘乃昌、崔海正先生认为:"这是因为他(指苏轼)觉察到北宋国力的软弱和辽夏军事政权的严重威胁,他时刻关心边庭战事,有着一腔报国疆场的热忱。面对边疆危机的加深,目睹宋廷的萎靡慵懦,他是多么渴望有如三国那样称雄一时的豪杰人物来扭转这很不景气的现状啊!这正是作者所以要缅怀赤壁之战,并塑造导演这一战争剧的中心人物周瑜的思想契机。"(唐圭璋主编的《唐宋词鉴赏辞典》第387页)如此结合当时社会背景所作的分析解答,可谓深中肯綮。

从"故国神游"到篇末,则从对历史英雄的追忆归结到对现实自我的感叹。"故国神游",是"神游故国"的倒装。"神游",语出《列子·周穆王》:"化人曰:'吾与王神游,形奚动哉?'"

此意心向往之，与前"遥想"意同。"故国"，本意故土。谁的故土？周瑜的故土。此特指拟想中的当年赤壁大战时的场景。有解作"赤壁古战场"的，不妥。因为作者本来就已假定自己是在赤壁了，哪里还用得着再去"神游"？此句总绾前面所写对赤壁之战那段历史的追忆，是说：仰观巍巍赤壁，俯视滔滔大江，一时神情恍惚，仿佛自己真的在历经当年赤壁之战时的场景。"多情应笑我，早生华发"，则嘲笑自己空怀多情，老态早现。"多情应笑我"又是"应笑我多情"的倒装。"应"，意为大概、可能。"笑"，嘲笑。谁嘲笑？依上下文意，当为周瑜嘲笑。"多情"，多愁善感。"早生华发"，"华"通"花"。诗人于嘉祐七年（1062）二十六岁时作《九月二十日微雪怀子由弟二首》中已有"白发秋来已上簪"之句，可能他真的"早生华发"，这里有实话实说的成分，但更在强调他老大无成。两句接前"神游"，意谓：我（苏轼）在那里正好遇上了周公瑾，他年纪轻轻，二三十岁就建立了惊天动地的伟业；而见我岁月虚掷，老大无成这副模样，大概要嘲笑我只会多愁善感，太无能无才了。当然，说到底，这里其实是用诗词创作中的"透过"之法，借人嘲以自嘲，深叹自己年岁已老，一事无成，愧对英雄，无地自容。

　　煞拍"人生如梦，一尊还酹江月"两句，结束神游而兜回现实，正好遥应词的起拍，以对人生的体验和感受作结。"人生"，一作"人间"，此从作者手迹。"尊"，同"樽"，原为一切酒器的共名，此处当指酒杯。"酹"，洒酒于地，表示祭奠。两句是说：人生简直就像虚幻的梦，更无论平庸如我的凡夫俗子，即使是曾经建立过惊世伟业的风流人物，他们作为生命的个体，也终不免会被历史长河的巨浪冲刷净尽，到头来同样只落得一切皆空。既然如此，又何必自寻烦恼，忧心忡忡？还是斟上美酒，邀约江中月影，痛痛快快地共同干上一杯吧！

对这两句，学界至今仍存在不同的理解。比如，有认为"由于作者无法解决理想与现实之间的矛盾，结处转为'人生如梦'的消极思想，情调有低沉的一面"（朱东润主编的《中国历代文学作品选》中编第二册第30页）的；也有认为是"在沉重的叹息声中进一步强化了主题，把历史和现实、景与情、人与物，都一齐升华到哲理的高度"，"这不是消极情绪的闪现，而是生命自觉自律的流露"（朱靖华等编著的《苏轼词新释集评》中册第736页）的。我们的主张则是，将以上两种对立的意见加以兼采并纳，才更符合词句本身的实际，即认为：两句中既流露了苏轼无可奈何的消极情绪（这不必为贤者讳），又反映出苏轼旷达自处的广阔胸怀（这更加值得肯定）。

关于此词的主旨，清人黄氏《蓼园词评》曾提示说："题是赤壁，心实为己而发。周郎是宾，自己是主。借宾定主，寓主于宾。离奇变幻，细思方得其主意处。不可但诵其词，而不知其命意所在也。"的确，统观全词，虽大篇幅地描绘了雄奇壮丽的长江景色，歌颂了古代英雄周瑜的卓荦才华和显赫战功，但主旨却在借凭吊历史而感叹自己的落拓失意，抒发年岁已老，事业无成，更因诗得罪，遭受贬谪的忧愤情怀。只因他并非一味悲悲戚戚的寒士，而毕竟是早已参破世间荣辱的智者，故能以其胸襟开阔，作达观之辞，透超迈之气，体现着一种特有的崇高美和悲壮美，对一度流行缠绵悱恻之风的北宋词坛，起到了振聋发聩的作用，遂使此词成为词史上的"古今绝唱"（胡仔《苕溪渔隐丛话》前集卷五九）。

关于此词的艺术特色，概括地说主要有以下四项：由面到点的结构布局；绘形绘色的景物描写；典型化法的人物塑造；超迈豁达的旷放风格。因均已随前行文有所交代和说明，这里也就不再辞费。

苏轼此词问世之后,在它取得的巨大成功的强力影响下,一些词人或出于见贤思齐的羡意,或怀着技痒较胜的用心,而以同题继作者时有发生。其中可称得上名篇的,如南宋戴复古的《满江红·赤壁怀古》:

> 赤壁矶头,一番过,一番怀古。想当时,周郎年少,气吞区宇。万骑临江貔虎噪,千艘列炬鱼龙怒。卷长波,一鼓困曹瞒,今如许?　　江上渡,江边路。形胜地,兴亡处。览遗踪,胜读史书言语。几度东风吹世换,千年往事随潮去。问道傍,杨柳为谁春,摇金缕。

这首词,曾受到清代大学者纪昀的高度赞赏,甚至认为它"豪情壮采,实不减于(苏)轼"(《四库全书总目提要》)。的确,这首词风格豪放,而在朴素的描述间,时见浓染之笔和用力之处,具有平中见奇之妙。但若将它与苏词对读,细加品味,在气势与理趣方面,仍终不免产生难相颉颃之感。

满江红(怒发冲冠)

岳 飞

怒发冲冠,凭栏处,潇潇雨歇。抬望眼,仰天长啸,壮怀激烈。三十功名尘与土,八千里路云和月。莫等闲,白了少年头,空悲切。　　靖康耻,犹未雪;臣子恨,何时灭?驾长车踏破,贺兰山缺。壮志饥餐胡虏肉,笑谈渴饮匈奴血。待从头,收拾旧山河,朝天阙。

这首词的作者岳飞(1103—1142),字鹏举,相州汤阴(今属河南)人。少负气节,家贫力学,尤好《左氏春秋》、孙吴兵法。宣和四年(1122),不满二十岁即应募从军,任秉义郎。南宋初年,因上书高宗反对南迁而被革职。后随宗泽留守汴京(今河南开封市),任统制。宗泽曾称他"古良将不能过"。泽死后,从杜充南下,成为南宋初期抗金名将,以恢复北方失地为己任。建炎三年(1129)以来,屡破金兵,收复建康(今江苏南京市)。绍兴四年(1134),大破金傀儡伪齐军,收复襄阳、信阳等六郡。曾奉命镇压江南及洞庭湖一带农民起义。后驻军鄂州(今湖北武汉市武昌区),派人渡河联络太行义军,屡次建议大举北进。绍兴九年(1139),高宗、秦桧与金议和,他上表反对。次年,兀术进兵河南,他出兵反击,收复洛阳、郑州等地,在郾城大败金兵,进军至距汴京仅四十五里的朱仙镇。两河义军纷起响应。

时高宗、秦桧一意求和，连下十二道金牌责令退兵。回临安（今浙江杭州市，当时为南宋京城）后，兵权被解，任枢密副使。不久被诬谋反，下狱。绍兴十二年（1142）以"莫须有"罪名与养子岳云、部将张宪同被杀害。死时年仅三十九岁。孝宗时诏复原职，以礼改葬，谥武穆。宁宗时追封鄂王。有《岳武穆遗文》传世。

这里顺便说明一点：过去人们常把岳飞被害的罪责全都算在秦桧的头上，但今天平心静气地看这件事也未必那么公允。因为，一方面，秦桧当时是宰相，执掌着朝政大权，是他直接把岳飞诬陷下狱，并以"莫须有"罪名将其杀死，制造了一桩骇人听闻的大冤案。他这个民族败类被钉在历史的耻辱柱上，完全是罪有应得，是绝对没有什么可推脱的。但另一方面，又必须看到，如此重大的冤案，假若没有得到皇帝的默许和认可，他又怎敢冒天下之大不韪？所以，实事求是地说，宋高宗赵构才是杀害岳飞的幕后撑腰者，是制造这一冤案的罪魁祸首。这一点，早被明代著名书画家、文学家文征明看破了，他在和岳飞《满江红》的词中，就把批判的矛头直接指向了高宗赵构，该词的下片说：

> 岂不念，中原蹙，岂不念，徽钦辱？念徽钦既返，此身何属？千载休谈南渡错，当时自怕中原复。笑区区一桧亦何能，逢其欲！

"逢其欲"，是说秦桧之所以敢杀害岳飞，不过为逢迎高宗要保全自己的皇帝宝座，而不愿收复中原、迎回二帝的不可告人的私欲，所做出的一种助纣为虐的卑鄙勾当罢了。文氏的这一见解，应当说还是相当尖锐深刻的。

岳飞的文学作品有诗、词、散文。惜流传无多，今存词仅三首。但他的作品中充满强烈的爱国精神，风格慷慨激昂，沉郁悲壮，具有特别强的感染力，历来为人们所喜爱和珍视。《满江红》（怒发冲冠）是他最有名的代表词作之一。

《满江红》（怒发冲冠）词的作者为岳飞，已往一直是这样认定的。不过近年来有学者余嘉锡先生曾提出过或系明人伪托的异议。但异议终归异议，而经不少学者特别是词学大家唐圭璋先生辨正，岳飞的著作权至今仍丝毫无法撼动。

词调《满江红》，原为唐教坊曲名，又名《上江虹》《念良游》《伤春曲》。明杨慎《词品》转引唐人小说《冥音录》谓曲名《上江虹》，后演变为《满江红》。一说此调创自民间，原为一种水草名。此调有仄韵、平韵两体。仄韵以柳永词为准，宋人填者最多。其"声情激越，宜抒豪壮情感和恢张襟抱"（龙榆生《唐宋词格律》）。南宋姜夔以仄韵体多不协律，改作平韵，但填者为少。且"情调俱变"（龙榆生《唐宋词格律》）。两体皆双调，九十三字。上片八句，四韵，四十七字；下片十句，五韵，四十六字。仄体以押入声韵为宜。《词律》谓：下片二、四两句应作"平平仄，自不可改"。又，上、下片两组七字句多作对偶；下片开头四句三字句，可两两对偶，亦可一、三，二、四对偶。

岳飞的《满江红》（怒发冲冠）是一首脍炙人口、充满战斗豪情的壮词，是一曲忠义慷慨、气贯日月的千古绝唱。

词的上片抒发词人一直抱持的壮怀。

起二韵"怒发冲冠，凭栏处，潇潇雨歇。抬望眼，仰天长啸，壮怀激烈"，先借助登高远眺时的神貌表情、动作声音以及内心活动的描述，对自己一直抱持的壮怀加以形象化的展露。"怒发冲冠"，描述神貌表情。当然是一种夸张说法，意为已经盛怒到头发竖起、上冲冠帽的程度。最早语出《庄子·盗跖》："盗跖闻之大怒，目如明星发上指冠。"又见《史记·廉颇蔺相如列传》:"相如因持璧却立,倚柱,怒发上冲冠。""凭栏处"的"凭栏",交代地点,是倚在高楼的栏杆边。"处",此指时候。什么时候?"潇潇雨歇"作了回答,即在一阵疾风骤雨停歇,天气放晴以后。"潇潇",风疾雨骤貌。此处插进这句写景并非闲笔,因为只有雨过天晴的条件下,才有可能放眼远眺。"抬望眼",即放眼远眺,这是交代动作。"仰天长啸"的"仰天",即抬头向天。"长啸",撮口吹气发出漫长的呼哨声。古人常借以抒发胸中郁闷。可见这既有动作又带声音。"壮怀激烈",豪壮的情怀激愤而又强烈,则是直接揭示内心活动。

  细审这二韵的句次,不难发现,它是采用了错落倒装的方法排列起来的。若顺绎其意,实应为:(词人)在一阵疾风骤雨停歇,天气放晴之后,登楼倚栏,放眼远眺之时,禁不住仰天长啸,豪壮的情怀简直激奋强烈到怒发冲冠的程度。其所以要将句次错落倒装,一则固然为了适应词篇调理声韵的需要,再则更出于增强表达效果的考虑。因为一经此错落倒装,描写神貌表情的"怒发冲冠"一句得以提升到首领地位,即可造成破空而来、突兀而起之势,从而让一位义愤填膺、气贯日月的英雄形象在一开篇就鲜活地站立在读者面前,起到了先声夺人、振聋发聩的效应。

  当然,这起二韵终究还只是总括地点出了词人"壮怀激烈",属于一种虚写,至于何以会如此,并未作明确交代。这里,不妨援引词人此前不久所作另首《满江红》(遥望中原)上片所实写的同为登楼远眺时的所见所感,以为有用的参照和注脚:

    遥望中原,荒烟外,许多城郭。想当年,花遮柳护,凤楼龙阁。万岁山前珠翠绕,蓬壶殿里笙歌作。到而今,铁骑满郊畿,风尘恶。

  不消说,现今词人又是登楼凭栏,"遥望中原"之际,联想到"荒烟外"的"许多城郭"陷于金国侵略者之手,遭受着"铁骑"的践踏蹂躏,这种国仇家恨的残酷现实,致使他禁不住"仰天长啸""怒发冲冠"。

接一韵"三十功名尘与土,八千里路云和月",即通过已往抗金战斗岁月的追忆和自我评价,对自己一直抱持的壮怀进行具体的阐示。两句词是一意分说而形成了工对并倒装的格局,按顺次理解,"八千里路云和月"句倒应该放在前面。因为先有战斗,才有功名。"八千",非实指,此处极言驰骋地域之广远。"云和月",本指阴和晴,此处泛状战斗生活的艰辛。这一句是从空间着眼,着重追忆往昔抗金战斗历程,句意略谓:(我)自从"总发(男子二十而冠,未冠总发)从军"(《五岳祠盟记》),纵横驰骋,转战千里,披星戴月,风雨兼程,前后"历二百余战"(同前引),可以说是吃尽了劳苦艰辛。"三十功名尘与土"一句则从时间着眼,集中评价已往抗金战斗所建战功。"三十"指年龄,词人写此词时实为三十二岁,这里是取其整数而言。"三十功名",是实话实说。据历史文献记载,词人于高宗绍兴四年(1134),曾在参知政事赵鼎支持下,由鄂州出师,渡江北伐,一举收复襄阳等六郡,使抗金战争出现了可喜的局面。捷报传来,轰动了南宋京都临安(今浙江省杭州市),朝野上下,群情振奋。是年秋,词人因功晋升为清远军节度使(高级将领的虚衔)和湖北路荆襄潭州制置使(湖北湖南战区的司令官),统辖襄阳府路,并获封武昌郡开国侯。要知道宋朝自建国以后,鉴于唐五代历史教训,是从不肯轻易地把节度使的大权授予异姓的,当时领有此衔的,也仅只刘光世、张俊、韩世忠三位大将。尤其能"三十建节封侯",在宋朝历史上更是破天荒第一人。词就写在此时。照常理,经过艰苦卓绝的奋斗,现在建立了殊勋,获得了殊荣,本该感到无比骄傲和自豪才是。但在词人心目中，所有这些却如同"尘与土"，即如灰尘和土末一样微不足道。为什么呢？这首先表现了他虚怀若谷、严于律己的美德。词人自从军以来，在抗金战斗中英勇无敌，威名远扬，但他从不居功自傲，而曾多次上表辞谢朝廷封赏和嘉奖，并再三申明："将士效力，飞何功之有？"（《宋史》本传）词中说"尘与土"，则是以诗句的方式又一次作如此表态。再则，更因为他所看重的根本不在个人的官职和名位，而是要实现他自幼立定的人生目标：词人不到二十岁就弃农从军，矢心"精忠报国"，南渡以后，更以"恢复故疆，迎还二圣"（《南京上高宗书略》）为己任。可现在三十多岁了，仍"未能远入夷荒，洗荡巢穴"（《五岳祠盟记》），离实现自己的远大目标还相距甚远，所以感到目前所做的一切，根本不值一提。也正因如此，而自然引出歇拍一韵。"莫等闲，白了少年头，空悲切"这样的自警和自励。"等闲"，轻易，随便。"少年"，此指青壮年时期。"悲切"，悲伤悔怨。这一韵暗用了汉乐府《长歌行》"少壮不努力，老大徒伤悲"的语典。整韵是说：一定要珍惜光阴，千万不可虚度年华，以免挨到老大无成，徒悲空怨，后悔莫及啊！真可谓其言铮铮，其意切切。这是在鞭策自己，也同时在劝勉别人。即使对今天的读者，也不失激励奋进的效用。无怪乎清代词评家陈廷焯《白雨斋词话》对此作出"'莫等闲'二语，当为千古箴铭（箴言和座右铭）"的激赞。

词的下片表达词人矢心完成的壮志。

换头二韵"靖康耻，犹未雪；臣子恨，何时灭"，由上片重在对过去的追忆和评价转为直接挑明眼下国仇未报的现实。"靖康耻"，指钦宗靖康元年（1126）金兵南侵，次年掳走徽、钦二宗及后妃、皇子、皇女、宗室贵戚共三千多人并财物无数，北宋宣告灭亡之事。"灭"，消除。此二韵意思略谓：靖康之难，对大宋王朝来说无疑是一种奇耻大辱。洗雪国耻，还我河山，恢复帝京，迎回二圣，解救被金国侵略奴役下的北方人民，自然成了爱国志士的共同心愿，只要国耻一日未雪，忠臣义士心头的义愤仇恨就一日难于消解。而从"臣子恨，何时灭"的反问语气更可深切感受到那种报仇雪耻的愿望是何等急迫和焦灼，这不仅正巧点醒上片所写词人"怒发冲冠""仰天长啸"的原因，也为下面直表词人的壮志作了一个绝好的蓄势和引发。

"驾长车踏破，贺兰山缺。壮志饥餐胡虏肉，笑谈渴饮匈奴血"二韵，即是对词人壮志的正面说破，而这种说破，是从两个互相关联的侧面进行的。其实，这与《宋史》本传所载词人平素多次向人宣告过的"直抵黄龙府（黄龙府，在今吉林农安，当时金都城在上京会宁府，即今黑龙江哈尔滨市阿城区南的白城。南宋初人们对金上京还不了解，所以岳飞以"黄龙府"泛指金人大本营），与诸君痛饮"的决心是同样的意思。"驾长车"一韵，亦即"直抵黄龙府"之意，只不过以直陈之法，一气贯注，是从设想中踏破险关、所向披靡、胜券在握的凌厉攻势加以昭示的。句中"长车"，即战车，因战车更宽更大，故有此称。春秋时期，战争主要是车战，后来逐渐演变为步战、骑战。这里所谓"驾长车"云云，即沿用旧典而非纪实。"贺兰山"，传统解释是：位于今宁夏回族自治区与内蒙古自治区交界处，长约三百里，北方民族称驳马（毛色斑杂之马）为"贺兰"。而此山林木青白相间，远望如驳马，故称。宋时此山属西夏，但西汉时为与匈奴交战之地，故此处借来以代金人本土所设军事防线。近世出一新说，是王克、孙本祥、李文辉三位学者合写而发表于《文学遗产》1985年第三期《从"贺兰山"看〈满江红〉词的真伪》一文中提出的，认为此山在今河北省磁县境内，距离县城西北三十华里处，是太行余脉。因有一位复姓贺兰的真人曾隐居于此，故名。其当南北官道要冲，一向为兵家必争之地。当年岳飞即以贺兰山为一抗金军事活动的中心地带。他与当地的抗金义军有联系，并曾设想以贺兰山为战场与金兵展开决战。故词中"贺兰山"当为实指而非借代。果如此，则适恰成为此词确为岳飞所作的一个有力的内证。"缺"，原意为山的断裂空缺处，此指险隘关口。而"壮志"一韵，亦即"与诸君痛饮"之意，只不过以互文之法，形成工对，是从设想中食敌之肉，饮敌之血，取得完胜的宴饮庆功加以展现的。"胡虏"，是对女真侵略者的蔑称。"胡"，古时泛指北方、西方少数民族。"匈奴"，古代北方少数民族之一，秦汉时与汉民族时常对立，此处指代女真贵族统治者。当然，词中所谓"餐肉饮血"，并非真要如此。首先，这本属用典。史载王莽篡汉称新朝时期，校尉韩威自请率军抗击匈奴，就曾说过不需带一斗军粮，而"饥餐虏肉，渴饮其血"的话，此二句即由韩威语化出，无非借以表达对侵略者的切齿痛恨和彻底消灭敌人的壮志豪情的一种文学夸张罢了。其次，也只有这样夸张形容，才正好取得与词的上片所立定了的"怒发冲冠""壮怀激烈"的感情基调相呼应的效果。况且，句中尚有"壮志"二字，吐露着投身抗敌的豪情，"笑谈"二字，展现出杀敌制胜的信心，均保证了词人绝非嗜血成性、惨无人道的恶魔，而确为堂堂正正、忠义慷慨的英雄的清晰形象。尤其联系当时金朝统治者发动侵宋战争，"唯务杀戮生灵，劫掠财物，驱掳妇人，焚毁屋舍产业"（《三朝北盟会稿》卷一〇六），甚至血洗全城，连一个婴儿都不放过的暴行通盘考虑，恐怕读者更会认同，面对如此凶恶的敌人，词人义愤填膺地写下这样"食肉寝皮"式的词句，是一点也不为过了。

煞拍"待从头，收拾旧山河，朝天阙"一韵，既最后表达了词人抗金必胜的坚定信念，又再次显示出词人所从事的战斗属于自卫反击的正义性质。"从头",此意为彻底。"收拾",即收复。"朝天阙",即朝见皇帝。"天阙",古指帝京。谓帝王宫阙所在,此借指朝廷。而连前句"收拾旧山河",知此"天阙",当具指汴京。此韵大意略谓:(我坚信)彻底打败金国侵略者,完全收复大宋江山,迎接二圣,还于旧都,然后万方来朝、共庆大捷的那一天,一定是会到来的!

关于"朝天阙"一句该作如何理解,当代学者王双启先生曾特别强调指出:"'朝天阙'就是'迎二圣归京阙',使国威重振,万方来朝。岳飞一心想的是湔雪靖康之耻,迎还徽、钦二帝,至于'徽、钦既返,此身何属'的问题,他似乎没有替原来的康王、当今的高宗赵构作什么考虑,而这一点恐怕正是他招致投降派的打击、陷害的主要原因。'朝天阙'的理想终于成了泡影,这不但是岳飞个人的悲剧,也是我们民族的悲剧,历史的悲剧。"(见其所著《宋词精赏》198页)应当承认,此解颇有见地。只是有一点,如果能在所断"主要原因"之后加上"之一"字样,以排除让人产生独此无他的误会。

岳飞作为南宋初期著名抗金将领,他本无心当词人,留下的作品也很少,但他的作品竟然凭借对自己一腔精忠报国的雄心壮志酣畅淋漓、气吞山河的抒发,赢得了无数读者的激赏,从而成为词史上传诵千古的精品佳构。尤其这首《满江红》(怒发冲冠),几乎到了家喻户晓、妇孺皆知的程度,更受到词论家、鉴赏家的崇高评赞,最具代表性的,如清代学者陈廷焯《白雨斋词话》说:"何等气概!何等志向!千载下读之,凛凛有生气焉。"是的,尽管宋、金斗争仍然不出中华民族内部斗争的范围,但我们还是应当承认历史上的爱国主义精神,这与各民族内反侵略反压迫的英雄一样,无疑都属于各该民族"凛凛生气"的光荣标志,值得充分肯定。更应当看到,"时过境迁,词中所反映的民族矛盾斗争的具体内容，已成为历史旧账，两个仇杀达一世纪之久的民族，其后世子孙早就握手言欢，融洽地共处于中华民族的大家庭里。正因为如此，这词强烈的爱国主义精神，已不属于汉民族独有，而上升为我们整个中华民族的精神财富"（钟振振《唐宋词举要》）。毫无疑问，这也恰恰是岳飞此词之所以能常诵不衰、永葆魅力的根本原因所在。

附：

关于学界对此词作者问题的论争情况，由中国社会科学院文学研究所总纂、人民文学出版社出版的"中国文学通史系列"之《宋代文学史》下卷，在论及岳飞词作时，曾以附注形式作过相当精审的述辩，兹特引录如下，以供有心读者参阅。

此词自近人余嘉锡在其《四库提要辨证》卷二三提出真伪质疑后，怀疑它是后人伪托者不乏其人。1961年夏承焘撰《岳飞〈满江红〉词考辨》（见夏氏《月轮山词论集》），更引起了海内外学术界的热烈讨论。归纳持后人伪托之说的根据约有以下数端：（一）岳飞子孙经长期搜集飞之遗作所编的《鄂王家集》中未收此词；（二）宋、元载籍及各种词集皆未曾称引此词；（三）词中"贺兰山"乃西夏地名，与金人黄龙府之方向不合；（四）此词与岳飞《小重山》词的风格迥异；（五）词中多用岳飞本身典故；（六）战国以后已无车战，直至明代方再用战车，故岳飞此词不当有"驾长车"之语。至伪托之人，或疑为南宋刘克庄，或疑为元代南儒，余嘉锡疑为明人，夏承焘更疑为明人王越或其幕府文士。按：作家在不同的时、地和心境下创作不同题材的作品，风格有不同程度的差异乃常见之事；抒发一己胸怀，自述己身的生平事迹，也是文学创作中常见的现象。故上述（四）、（五）两条理由不能成立。战国以后，战争中使用战车之事不乏其例；根据《宋史·岳志》十一记载，宋代也不是全然不用战车。况且文学作品不必字字实指，后人完全可以借用前代之语。故上述第（六）条理由亦不能成立。又许多学者认为贺兰山在宁夏西北，当时在西夏境内，而词中贺兰山乃泛写、借喻，是文学艺术的语言，并非实指。今按：我国境内以"贺兰"名山者，尚有江西赣州之旧名文壁山（《赣县志》）及河北磁县之贺兰山（《磁县县志》）。高宗建炎初，岳飞曾驻兵于磁县之贺兰山，县距飞家乡仅四五十公里，由此可进而北上直捣黄龙府，故近年学者以为词中"贺兰山"当指此。又，宋人词不见于宋、元人载籍而只见于明人之书者殊不少，此词虽不见于宋、元载籍，但在王越于明弘治十一年（1498）贺兰山大捷以前已早有流传，明陈霆《清山堂词话》卷一、张綖《草堂诗余别录》并有间接或直接证据。今河南汤阴岳庙肃瞻亭院东南隅壁石碑上刻有庠生王熙于天顺二年（1458）书此词，亦使夏承焘关于王越或其幕府文士伪托之说不攻自破。尤有进者，清沈雄《古今词话》卷上、《历代诗余》卷一一七及冯金伯《词苑萃编》卷一三引南宋中期陈郁《话腴》有关文字皆提及此词，而今日所传《话腴》各本皆不载。《古今词话》等书应不为凿空之语，或因此词涉及岳飞坐罪之事故其后删去，亦在情理之中。至于岳珂在其先父岳霖搜访的基础上所编《鄂王家集》之所以不收此词，盖由于飞被陷死狱中后，其子孙徙于岭南，及岳霖等恢复自由、着手收集岳飞资料之时，已在飞死后近二十年，加之其时秦桧余党尚分据要路，搜求为难，故"掇拾未备"（岳珂《家集》自序）；逮岳珂重新搜访，为时既短（1198—1203），且未尽其力，而上距乃祖之死又近六十年，故遗漏在所难免。何况高宗雅不欲徽、钦二帝还朝，又承祖宗家法深忌岳飞当日之地位名望，而此词内容多触其忌，即使岳珂等已见此词而不敢收入家集之中，亦属极可能之事。综上所述，伪托之说不可信。参见林玫仪《岳飞〈满江红〉词真伪问题辨疑》，收入《词学考铨》，台湾联经出版事业公司出版。